Wolkenkopf

Georgine I. Coelho

WOLKEN KOPF ❤

Eine Suche nach Freiheit

Bibliografische Information der Deutschen Nationalbibliothek:
Die Deutsche Nationalbibliothek verzeichnet diese Publikation in der
Deutschen Nationalbibliografie; detaillierte bibliografische Daten sind
im Internet über dnb.dnb.de abrufbar.

© 2022 Georgine I. Coelho
Satz, Umschlaggestaltung, Herstellung und Verlag:
BoD – Books on Demand, Norderstedt
ISBN: 978-3-7568-0446-7

Für meine Mutter

PROLOG

Am Anfang war das Wort.

Die Essenz.

Der Stoff des Lebens.

Dann wurde er gewoben, geflochten. Verworren, verbunden, gelöst.

Mit leuchtenden Farben und grauen Flecken, mit neuen Stoffen und alten Flicken, mit losen Enden und brüchigen Stellen, mit langen Fäden und kurzen Strängen, mit wiederkehrenden Mustern und überraschenden Bildern.

Wie ein Teppich, eine Leinwand, eine Patchworkdecke. Ein Kunstwerk, an dem jede Seele, jedes Leben arbeitet und werkelt. Jeder seinen eigenen Faden spinnend, das Gesamtwerk sich weiter entwickelnd. Immer komplexer werdend, sich ausdehnend wie das Universum, nach Unendlichkeit strebend.

So trägt jeder zum großen Ganzen bei. So hat jeder seinen Platz. So ergibt alles einen Sinn.

Am Anfang war das Wort. Logos. Die Vernunft. Der Sinn.

Der Stoff des Lebens. Er ist aus Worten gemacht, aus Geschichten. Aus unseren.

KAPITEL 1

Köln

Licht drang durch Friedas geschlossene Lider und vertrieb langsam die Schatten der Nacht. Mit jedem Windhauch, der sanft den Vorhang bewegte, tanzten silber-rote Flecken auf ihrem Gesicht. Wärmende Sonnenstrahlen kitzelten ihre nackte Haut.

Lass mich schlafen, dachte Frieda. Doch je stärker sie gegen das Erwachen ankämpfte, desto erfolgreicher verdrängte ihr Bewusstsein den Traum. Gérôme, sein Lächeln, wie er ihr Schutz bietend die Hand reichte. Vertraust du mir? fragte er. Doch dann wachte sie auf.

Vor dem Fenster betätigte jemand eine Autohupe, Gelächter aus der Küche drang an ihr Ohr. Der Geruch schweißnasser Bettwäsche mischte sich mit dem ungewaschener Haare, in denen Zigarettenrauch und Fritteusen-Mief hängen geblieben waren.

Friedas Mund fühlte sich trocken an. Ihr brannten die Augen. Der schale Geschmack einer durchzechten Nacht lag auf ihrer Zunge. Ihr Kopf dröhnte. Sie brauchte ein großes Glas Wasser, eine Dusche, Kaffee und Aspirin. Gedankenverloren griff sie nach Gérômes

Hand, doch dann erinnerte sie sich: Er war nicht mehr da. Sie verspürte einen Stich mitten ins Herz, drehte sich um und stöhnte leise. Sie wollte zurück in ihren Traum.

Eingelullt in die Geräusche des beginnenden Tages, fiel sie zurück in einen unruhigen Schlaf. Das Vibrieren des Handys ließ sie erneut aufschrecken. Reflexartig griff sie nach dem Telefon. War es Gérôme? Vermisste er sie auch?

Hey Süße, war ein cooler Abend! Hoffe, dir geht es gut. Mir dröhnt noch der Kopf. Später Lust auf Kaffee beim Milchmädchen? Ich arbeite heute ab 14 Uhr!

Es war Mara, ihre beste Freundin. Zumindest in Köln. 10:30 Uhr. Noch dreieinhalb Stunden. Langsam und vorsichtig stand Frieda auf, ging unter die Dusche, nahm eine Tablette, wickelte sich in ein Handtuch und betrat die inzwischen verlassene Küche.

Sie musste etwas essen, um ihren Kater zu vertreiben. Aber was half gegen den viel schlimmeren Schmerz? Es wäre gut, wenigstens zu wissen, wie ihr Leben sonst weitergehen sollte. Die Abschlussarbeit war abgegeben, zig Bewerbungen waren versandt. Bisher hatte es eine Absage nach der anderen gehagelt. Doch sie hatte eh nur einen großen Traum. Sie wollte zur Lufthansa, ins ProTeam, das Nachwuchsführungskräfte-Programm des Luftfahrtkonzerns.

Sie hatte die Noten, die Auslandserfahrung und das gewisse Etwas, das ihr Profil besonders machte. Und sie hatte die ersten Runden des Bewerbungsprozesses mit Leichtigkeit überstanden. Letzte Woche war sie zum Assessment-Center, dem letzten Auswahlschritt, nach Frankfurt gefahren. Jetzt hieß es nur noch abwarten. Wenn das nicht klappte, hatte sie nichts. Sie wollte unbedingt ins ProTeam. Es musste einfach gelingen! Es war ihr Schicksal. Es sollte so sein. In Frankfurt würde sie Gérôme vergessen, hier in Köln erinnerte sie alles an ihn. Es war Zeit zu gehen. Je früher sie ihren Jobvertrag in der Tasche hatte, desto eher konnte sie alles hinter sich lassen, neu anfangen, der Freiheit entgegengehen. Sie würde finanziell unabhängig von ihrer Mutter sein, eine eigene Wohnung einrichten und dort ohne nervige Mitbewohner leben, auf Dates und Partys gehen und vor allem reisen!

Dank ihres Jobs würde sie durch die ganze Welt fliegen. Das frisch verdiente Geld konnte sie in Traumurlauben mit neuen Freunden oder – noch besser – einem neuen Mann ausgeben. Das Leben, das auf sie wartete, war wunderschön. Es musste nur Realität werden. Sie wollte raus hier.

*

Wie geht es dir? frage Mara, als sie auf den umgedrehten Kölsch-Kisten im Innenhof hinter dem Milchmädchen saßen.

Ging schon besser. Ich vermiss ihn so sehr. Und die Ungewissheit macht mich auch fertig, antwortete

Frieda mit gesenktem Kopf. Sie starrte in ihren Iced Coffee Latte, in ihren Adern floss immer noch Rest-Alkohol.

Es war die richtige Entscheidung, sagte Mara sanft und berührte sie leicht am Unterarm.

Frieda wusste nicht, ob das stimmte. Aber im Grunde ihres Herzens glaubte sie daran. Sie hatte den Ring in seiner Hand gesehen, um sie herum tausend Feuerwerkskörper, die in den Himmel geschossen waren. Trunkene Menschen hatten gegrölt und sich in den Armen gelegen, der Glanz der Lichter gespiegelt im Rhein. Geróme war vor ihr gekniet in seinem schweren Mantel. Sie hatte gefühlt, dass es nicht richtig war, doch »Nein« sagen war keine Option gewesen. Sie hatte in diesem bunten, feuertrunkenen Moment ja nicht einmal gewusst, was sie genau wollte. Sie hätte Zeit gebraucht, nachzudenken. Zeit, die in diesem Moment nicht gegeben war. Ihr Kopf war benebelt gewesen vom Alkohol und dem Rauch der um sie herum explodierenden Böller.

Vielleicht waren es nichts als Ausreden, aber sie hatte nicht gewagt, fünf Jahre einfach so wegzuwerfen, Gérôme so vor den Kopf zu stoßen und in dieser Neujahrsnacht zu verlieren. Die Zeit, die sie brauchte, hatte sie nur gewinnen können, indem sie »Ja« sagte. Wenn sie nun daran dachte und sich erinnerte, wie sehr sie insgeheim gewusst hatte, dass es die falsche Antwort war, beruhigte sie die Tatsache, dass es zwischen ihnen so sein musste, wie es nun war.

Ich hänge im Moment nur irgendwie in der Luft, erklärte Frieda. Als ob mein Leben auf Stand-by wäre. Ich hab immer noch nichts von der Lufthansa gehört. Ich will endlich, dass es weitergeht, verstehst du?

Ja, versteh ich total!, entgegnete Mara. Der Job hier lenkt mich ab. Ich hab mit der Besitzerin gesprochen und werde ab nächster Woche noch mehr Schichten übernehmen. Aber ich will auch endlich einen richtigen Job und wissen, wohin ich ziehen und wo ich leben werde.

Frieda nickte zustimmend. Wenigstens weiß ich schon, dass ich nach Frankfurt gehe. Ich will unbedingt dorthin. Aber solange ich nicht die offizielle Zusage habe, traue ich mich nicht, eine Wohnung zu suchen.

Mara sah sie aufmerksam und etwas nachdenklich an.

Was ist? fragte Frieda, die ihre Freundin zu gut kannte, um nicht zu wissen, dass sie etwas sagen wollte, aber noch überlegte, ob es eine gute Idee wäre.

Frieda, ich glaube an dich. Und ich bin mir sicher, dass du eine Zusage für das Trainee-Programm bekommst. Aber ich glaube trotzdem, dass du dir einfach mal Gedanken machen solltest, was sonst noch für dich infrage käme. Du musst dich ja noch nicht woanders bewerben. Aber so oder so, ist es doch immer gut, wenn man weiß, was es im Leben noch für Optionen für einen gibt. Jetzt ist der Moment, sich darüber klar zu werden. Jetzt, nach der Uni. Ich finde es auch schwierig. Aber ich hab mich auf total unterschiedliche Sachen beworben. Was, wenn es doch nicht klappt bei der Lufthansa?

Frieda runzelte die Stirn.

Danke, dass du an mich glaubst. Aber es klingt eigentlich nicht so.

Sei nicht so, Frieda. Es ist nur ein Gedankenaustausch. Dafür sind gute Freunde doch da.

Okay. Ich bin gerade einfach nicht in der Stimmung dafür.

Frieda war hierhergekommen, um sich besser zu fühlen. Der Gedanke, dass sie einen Plan B haben sollte, war nicht neu. Auch ihre Mutter hatte sie schon mehrfach gefragt, welche weiteren Bewerbungen sie nach den Absagen noch verschickt hätte. Aber Mara war ihre beste Freundin. Von ihr brauchte sie nicht auch noch solche Ermahnungen. Sie wollte aufgebaut werden. Die Trennung war schwer genug, die Zukunft in jeder Hinsicht ungewiss. Und alle schienen sie nur noch weiter verunsichern zu wollen.

Alles klar. Vergiss es. Es wird bestimmt alles gut! sagte Mara in versöhnlichem Ton und legte ihrer Freundin die Hand auf die Schulter.

Ich muss leider weitermachen. Soll ich heute Abend nach der Arbeit vorbeikommen und wir bestellen Pizza?

Ja, gern! Und danke für den Kaffee. Ich trink noch kurz aus und verschwinde dann, okay?

Keine Ursache. Lass dir Zeit, Süße!

Frieda blieb noch eine Weile im Innenhof sitzen. Hier störte niemand ihre Gedanken, sie sah niemanden und niemand sah sie. Sie wollte noch nicht nach Hause. Bis Mara zum Pizzaessen kam, dauerte es noch locker vier Stunden. Die Sonne schien, die Vögel zwitscherten, was sollte sie in ihrem Zimmer sitzen? Vielleicht sollte sie zu Hause etwas essen, sich ein Buch holen und in den Park gehen, um dort zu lesen. Das wäre sicher ein guter Plan!

Frieda trank den letzten Schluck Eiskaffee, brachte das leere Glas ins Café zurück, verabschiedete sich mit einem Winken, um nicht weiter zu stören, und ging nach draußen. Es war wirklich heiß. Sie blickte aufs Handy. Keine Nachrichten. Gérôme, was machst du? dachte sie seufzend und ließ das Handy wieder in die Tasche gleiten. Ihr Herz fühlte sich eng an. Gleichzeitig spürte sie, dass ihr Magen zu knurren begann.

Sie machte sich auf den kurzen Weg nach Hause und versuchte, die Gedanken an Gérôme und das Gespräch mit Mara abzuschütteln. Aber je mehr sie es versuchte, desto mehr kreisten sie genau um diese beiden Themen. Als sie schon in ihre Straße eingebogen war und die Wohnung fast erreicht hatte, klingelte plötzlich ihr Handy. Friedas Herz machte einen Sprung. Sie fischte das Telefon aus der Tasche und blickte in Erwartung, Gérômes Namen dort zu lesen, aufs Display. Stattdessen stand dort eine unbekannte Frankfurter Nummer. Friedas Herz setzte einen Schlag aus.

Frieda Steube, hallo?

Guten Tag, hier ist Frau Lorsch von der Deutschen Lufthansa in Frankfurt, begrüßte sie eine freundliche Stimme am anderen Ende der Leitung.

Guten Tag! rief Frieda und versuchte fröhlich zu klingen, fühlte aber, wie sich ihre Stimme vor Aufregung überstürzte.

Ich bin zuständig für die Personalauswahl beim Trainee-Programm ProTeam der Lufthansa, für das Sie sich beworben und es bis ins Assessment-Center geschafft haben. Leider muss ich Ihnen mitteilen, dass wir uns für drei andere Kandidat:innen entschieden haben.

Friedas Herz, das zwischenzeitlich wieder heftig zu schlagen angefangen hatte, machte einen Sprung Richtung Brustkorb und verursachte einen dumpfen Schmerz, als es ihr sprichwörtlich in die Hose rutschte. Sie versuchte zu denken, irgendetwas auf diese niederschmetternde Nachricht zu erwidern. Sie sah zu Boden, ihre Hand, in der sie das Telefon hielt, zitterte.

Plötzlich streifte ein Fahrrad sie fast. Der Fahrer drehte sich zu ihr um und schüttelte verärgert den Kopf. Frieda versuchte zu atmen.

Können Sie mir sagen, warum? brachte sie schließlich hervor, ohne sich zu erinnern, die Worte vorher bewusst gewählt zu haben. Ihr zitterten die Knie. Sie wollte sich setzen, stand aber mitten auf der Straße.

Leider darf ich Ihnen keine Gründe nennen. Aber im Großen und Ganzen denken wir, dass Sie nicht ganz zur Lufthansa passen.

Während Frieda sich bisher wie gelähmt gefühlt hatte, spürte sie jetzt ihren Herzschlag wieder einsetzen. Kräftig und schmerzhaft pochte der Muskel in ihrer Brust. Ihre Knie waren noch weich, aber sie begann wieder zu laufen. Sie nahm das Handy in die andere Hand, wischte die nun frei gewordene an ihrem Kleid trocken und sagte mit fester Stimme: Ich danke Ihnen für Ihren Anruf.

Natürlich, sehr gern. Wir wünschen Ihnen alles Gute für Ihre weitere berufliche Laufbahn. Auf Wiederhören!

Wiederhören!

Frieda legte auf und lief nach Hause. Hastig suchte sie nach dem Schlüsselbund in ihrer Handtasche, fand ihn, drehte den Schlüssel fahrig im Schloss herum, trat vom heißen Asphalt in die Kühle des dunklen, mit Stein ausgelegten Hausflurs und griff nach dem Treppengeländer. Ihr brannte die Kehle. Sie ließ das Schluchzen heraus, das sie auf den letzten Metern mühsam heruntergeschluckt hatte, und verzog das Gesicht, als sie heftig zu weinen begann. Erneut schien jegliche Energie aus ihren Knochen und Muskeln zu entweichen, kraftlos und weinend zog sie sich die Treppe hinauf in den 2. Stock. Das durfte einfach nicht wahr sein. Das hielt sie nicht aus. Erst Gérôme und jetzt das. Ihr ganzes Leben, ihre Pläne, alles, was sie definiert und bestimmt hatte – einfach weg. Der Boden schien sich unter ihr auftun zu wollen. Die Erde schien sich nicht mehr zu drehen. Sie rang nach

Atem, lehnte sich über das schmale schwarze Treppengeländer und schaute hinunter in den Hausflur, der einige Meter unter ihr lag. Sie könnte sich einfach herabfallen lassen. Aber das wäre hässlich und vermutlich nicht hoch genug.

Sie wollte weiter, lieber doch in ihre Wohnung im 3. Stock, in ihr Bett, aus dem sie heute besser gar nicht aufgestanden wäre. Doch sie bekam keine Luft. Sie spürte, wie sie immer wieder scharf ein-, aber kaum ausatmete. Ihr wurde schwindelig.

Ich muss mich beruhigen, dachte sie und umklammerte das Geländer, während der Tränenschleier ihre Sicht immer stärker trübte. Ihr Atem war außer Kontrolle. Das Blut pochte in ihren Schläfen. Sie ließ das Geländer los und sackte auf den Stufen zusammen. Auf dem kühlen Steinboden rang sie panisch nach Luft. Hilfe, so hilf mir doch jemand, dachte sie, während ihr Gesicht einen stummen Schrei formte. Endlich ließ sie mit einem lauten Heulen die hastig eingeatmete Luft heraus. Der Laut hallte im Treppenhaus wider und sie erschrak vor sich selbst. Weiter oben öffnete jemand eine Wohnungstür. Frieda griff nach den eisernen Stangen des Treppengeländers und zog sich daran hoch. Sie hob ihr Kleid, um sich das Gesicht zu trocknen, vergrub es für zwei Sekunden in dem warmen Stoff und presste mit beiden Händen fest gegen die Augen. Sie biss die Zähne aufeinander, bis sie knirschten, und ließ das Kleid dann wieder fallen. Jemand kam die Treppe herunter.

Hi! hörte Frieda Paul, ihren Nachbarn aus dem 5. Stock, schließlich sagen. Paul war wie sie und ihre Mitbewohner Student. Er trug einen schwarzen Rucksack auf dem Rücken, was Frieda darauf schließen ließ, dass er nicht von ihrem Heulen alarmiert aus der Wohnung geeilt, sondern auf dem Weg in die Uni oder zu einer Verabredung war.

Hi! antwortete Frieda, ohne Paul anzusehen. Sie spürte, dass er sie im Vorbeigehen neugierig musterte. Sicher sah er, dass etwas nicht stimmte. Aber er stellte keine weiteren Fragen und lief eilig davon.

Frieda war dankbar, dass Paul aufgetaucht war. Sein Erscheinen hatte sie aus einem furchtbaren Moment des Kontrollverlusts und der Lähmung befreit. Sie stützte sich wieder auf das Geländer und zog sich mit der letzten Kraft, die sie noch aufbringen konnte, bis in den 3. Stock hoch. Einmal in der Wohnung, kickte sie nur die Sandalen in die Ecke, ging direkt, ohne die Hände zu waschen, in ihr Zimmer und ließ sich aufs Bett fallen. Sie schluchzte nicht mehr. Sie atmete auch nicht mehr hastig. Sie drehte sich auf die Seite und war nun ganz ruhig. Draußen zwitscherte ein Vogel. Die Wohnung schien ruhig. Ihre Mitbewohner waren nicht da. Ein Auto fuhr vorbei. Im 4. Stock hörte man eine Tür schlagen und Wasser laufen. Frieda schloss die Augen. In ihr war alles still.

Es tat gut, Ruhe zu finden. Langsam und gleichmäßig zu atmen. Die Augen schließen zu können. Nichts zu denken. Eine Leere hatte sich in ihr breitgemacht, die ihre Angst und den Schmerz schluckte wie ein schwarzes Loch. Und die tiefe Erschöpfung wich endlich einem traumlosen Schlaf.

*

Als Frieda wieder erwachte, hörte sie als Erstes die Geräusche, die von der geschäftiger werdenden Straße heraufdrangen. Es musste bereits später Nachmittag sein, wenn der Feierabendverkehr Fußgänger, Radfahrer und Autos in die tagsüber ruhige Straße spülte und den Lärmpegel anschwellen ließ. Es war heiß in ihrem kleinen Zimmer, auch wenn am Nachmittag keine direkte Sonne mehr einfiel. Der Vorhang vor dem noch immer geöffneten Fenster bewegte sich nicht mehr. Die Luft schien zu stehen und sich mit einem Buttermesser zerschneiden zu lassen. Frieda spürte, dass ihr rechtes Knie, auf dem das linke lag, schmerzte. Sie wollte sich von der Seite auf den Rücken drehen, aber ihr Körper gehorchte ihr nicht. Er war wie leblos, schien ihr nicht mehr zu gehören und sich von ihrem Geist und Gehirn getrennt zu haben. Ihre Augen waren geöffnet, und sie schaute auf die weiße Bettwäsche, den beigen Vorhang und die Zimmerpflanze, die neben dem Fenster stand. Es war ein schöner Anblick. Der Ast einer Linde ragte in das Bild, das vom Fensterrahmen gebildet wurde. Er trug grüne Blätter, die unbewegt in der Nachmittagssonne ihr Dasein fristeten. Frieda hatte Durst. War es ihr Leib, der taub war, oder ihr Geist? Konnte ihr Hirn nicht mehr steuern oder der Körper nicht reagieren?

Sie dachte an den Moment auf der Treppe. Wäre Paul nicht gekommen, wäre sie immer noch da? Sie hatte wohl eine Panikattacke erlitten. Es wäre gut, wenn jetzt auch jemand kommen würde. Sie fühlte sich krank. Sie brauchte Hilfe. Wie spät war es eigentlich? Vielleicht würde Mara bald kommen. Wo war ihr Handy? Frieda spürte, dass die Handtasche, die sie über der Schulter getragen hatte, noch immer dort hing. Sie hatte sich, wie sie war, aufs Bett fallen lassen. Sie musste nur die Tasche öffnen und das Handy herausholen. Dann wüsste sie, ob Mara bald käme. Doch ihre Hände gehorchten der Aufforderung nicht. Selbst ihre Augen zwinkerten nicht. Sie starrten noch immer auf das gleiche Stillleben aus Bettwäsche, Vorhang, Pflanze, Fensterrahmen und Baumzweig.

Zwinker! befahl sich Frieda selbst. Doch es gelang nicht. Irgendwann fielen ihr die Augen einfach wieder zu. Draußen wurde es immer belebter. In ihr war alles ruhig.

Ein Mann rief energisch den Namen seines Kindes, das er zum Stehenbleiben aufforderte. Frieda stellte sich ein Kleinkind auf einem Laufrad vor, das zur nächsten Straßenecke flitzte und nur knapp vor dem Bordstein hielt, einen Vater mittleren Alters, der gerade aus dem Büro kam und mit seiner Aktentasche in der Hand schwitzend und rufend seinem Sprössling hinterherlief.

Irgendwo im Haus klingelte es an der Tür. Bestimmt ein Paketbote. Ein Hund bellte im Treppenhaus. Zwei Vögel begannen ein singendes Zwiegespräch. Die Wohnungstür öffnete sich. Ihre Mitbewohnerin Lucia trat in den Flur und rief laut Halloooo. Frieda antwortete nicht. Lucia schien anzunehmen, dass niemand in der Wohnung war. Sie ging ins Bad und anschließend in ihr Zimmer, ohne weiter nach Frieda zu rufen oder zu sehen. Da wich die Leere endlich einem ersten Gefühl. Wut. Wut, gefangen zu sein. Wut, hier zu liegen. Und Wut über die unverschämteste Absage, die sie sich nur hätte vorstellen können. Schlimm genug, dass ihr Traum zerplatzt war wie eine Seifenblase. Schlimm genug, dass alle, die sie ermahnt hatten, dass sie einen Plan B brauchte, recht behalten hatten. Und schlimm genug, dass sie nun mit absolut nichts dastand. Keine Beziehung, kein Job, vielleicht keine Möglichkeit mehr, nach Frankfurt zu ziehen. Sie konnte ihrer Mutter nicht ewig auf der Tasche liegen und wollte nach all den Jahren der Ausbildung nicht als Versagerin dastehen. Aber das Schlimmste an allem, was ihre Wut glatt überschäumen ließ, war die Art der Absage. *Sie passen nicht zur Lufthansa.* Sie war hochqualifiziert, hatte es nicht umsonst bis zum Assessment-Center, dem letzten Auswahlschritt im langen Bewerbungsprozess des Trainee-Programms, geschafft. Sie hatte bereits als Praktikantin bei Lufthansa gearbeitet und ein exzellentes Zeugnis erhalten. In dem riesigen Luftfahrtkonzern gab es so viele unterschiedliche Tätigkeitsbereiche, dass eine solch pauschale Aussage, die bereits miteinschloss, dass sie sich auch gar nicht auf andere Stellen zu bewerben brauchte, eine bodenlose Frechheit war. Wer war diese Frau überhaupt, die sie da angerufen hatte? Leider hatte sie nicht richtig auf den Namen geachtet. Am liebsten würde sie sich bei ihrem ehemaligen Vorgesetzten über sie beschweren. Auch aus personalpolitischer Sicht war ein solches Verhalten einfach unprofessionell.

Die Aufregung und Wut ließen Frieda heiße Tränen in die Augen schießen. Sie merkte, dass sie die Hände zu Fäusten geballt hatte und die Fingernägel sich schmerzhaft in ihre Handflächen gruben. Sie öffnete Augen und Hände und wischte sich zornig die Tränen aus dem Gesicht. Die sollten sie nicht kleinkriegen! Das würde sie nicht auf sich sitzen lassen.

Endlich war sie wieder in der Lage, sich zu bewegen, wenn auch noch reichlich kraftlos. Aber das Handy konnte sie aus der Handtasche ziehen und nach der Uhrzeit schauen. 16:24 Uhr. Sie sehnte Mara herbei. Außerdem spürte sie nun, dass sie Hunger hatte. Bis auf das Frühstück und den Eiskaffee hatte sie noch nichts zu sich genommen. Steh auf und mach nicht so ein Drama, ermahnte sie sich selbst. Energielos, aber von ihrer Wut beflügelt, erhob sie sich schließlich und ging in die Küche. Sie wusch sich die Hände, nahm eine Banane aus dem Obstkorb, ein Glas aus dem Hängeschrank über der Spüle, hielt es unter den Wasserhahn und trank es in einem Zug aus.

Sie brauchte Wasser, wenn sie wieder funktionieren wollte. Der Kater, der Liebeskummer, die Tränen, der unangenehme Besuch im Café, die Hitze, der Anruf und schließlich die Panikattacke im Treppenhaus, das alles hatte sie ausgelaugt und fertiggemacht. Ihr Kopf schmerzte und sie fühlte sich dehydriert. Obwohl sie gerade erst aufgestanden war, beschloss sie, dass es besser war, sich wieder hinzulegen. Sie füllte das Glas erneut mit Leitungswasser und trug es zusammen mit der Banane zurück in ihr Zimmer. Am besten würde sie noch etwas schlafen, bevor Mara kam. Sie zog das Kleid aus, legte sich wieder ins Bett, schloss die Augen und sehnte sich nach dem süßen Vergessen, das der traumlose Schlaf ihr kurz zuvor beschert hatte. Ihre Gedanken kreisten jedoch weiter. Was hatte sie im Assessment-Center falsch gemacht? Warum konnte man ihr das nicht genauer sagen? Wer sonst aus der Gruppe hatte einen der begehrten Plätze erhalten? Was würde sie nun tun? Wo sollte sie sich bewerben? Wo würde sie wohnen? Sollte sie zu Gérôme zurück? Ihr Magen fühlte sich an, als ob er mit jeder Frage, die sie sich stellte und nicht beantworten konnte, einen neuen Knoten produzierte. Neben den Kopfschmerzen machte ihr nun auch Übelkeit zu schaffen. Sie atmete schwer, aber kontrolliert. Mara würde kommen und ihr helfen. Mara, die sie vor wenigen Stunden noch gefragt hatte, ob sie nicht darüber nachdenken wollte, was sie sonst noch mit ihrem Leben anfangen könnte.

Frieda schämte sich, dass alle recht behalten hatten und sie so arrogant reagiert hatte. Aber Mara war ihre beste Freundin. Im Gegensatz zu ihrer Mutter würde sie ihr keine Vorwürfe machen oder eine Hab-ichs-doch-gleich-gesagt-Miene aufsetzen. Sie würde ihr helfen. Und das war genau das, was Frieda nun brauchte: Hilfe. Sich das einzugestehen und gleichzeitig zu wissen, dass sie nicht lange darauf würde warten müssen, tat ihr gut. Es ließ sie diese nächsten Stunden im Bett aushalten, ohne erneut die Kontrolle zu verlieren.

*

Frieda fühlte sich tatsächlich etwas ausgeruht und vor allem hungrig, als es endlich an der Tür klingelte und Mara eintraf. Lucia öffnete die Tür, während Frieda langsam aufstand. Von der Hitze, dem langen Liegen und dem wenigen Essen war sie etwas geschwächt, aber die Kopfschmerzen waren besser. Sie ging in den Flur und begrüßte Lucia, die dort an der Tür auf den Besuch wartete. Willst du mit uns essen? bot sie aus Höflichkeit an, hoffte aber, dass Mara und sie in Ruhe reden konnten.

Ah, danke, das ist lieb, aber ich gehe später noch in die Stadt, antwortete Lucia fröhlich. Viel Spaß euch!

Sie verschwand in ihr Zimmer, während Mara eintraf und Frieda umarmte. Hey, Süße!

Hey, sagte Frieda in einem Ton, der Mara sofort aufhorchen ließ.

Was ist los?

Komm erst mal rein.

Okay.

Mara zog ihre Sandalen aus und folgte Frieda auf den kleinen Küchenbalkon.

Erzähl. Ist was mit Gérôme? wollte Mara wissen.

Lass uns erst mal was zu essen bestellen.

Frieda fühlte einen Kloß in ihrem Hals. Sie wusste, dass sie, sobald sie erzählen würde, zu weinen beginnen müsste.

Schließlich aber konnte sie es nicht länger hinauszögern. Zum Teil war es sicherlich auch die Angst, es laut auszusprechen. Sobald sie Mara von der Absage erzählen würde, wäre es endgültig. Sie hatte es vermasselt.

Wie erwartet kullerten sofort die Tränen. Immerhin konnte sie aber sprechen, ohne zu schluchzen, und wirkte einigermaßen gefasst. Mara reagierte, wie nur sie es konnte. Ohne Vorwürfe, ohne sofort schlaue Ratschläge zu erteilen, ohne unnötige Fragen zu stellen. Sie hörte einfach zu und nickte ab und zu, um zu signalisieren, dass sie verstand.

Was soll ich jetzt machen? fragte Frieda, als sie alles erzählt hatte.

Jetzt essen wir erst mal, stellte Mara sachlich fest. Mit vollem Magen lässt es sich besser denken. Und dann schmieden wir Pläne!

So einfach war das, wenn man Mara war. Sie schaffte es tatsächlich, Frieda selbst in einem so furchtbaren

Moment ihres Lebens zu motivieren. Ein kleines Fünkchen Hoffnung und Lust auf neue Ideen keimten in ihr auf. Pläne zu schmieden klang gut. Pläne zu schmieden machte Spaß. Zwar hatte sie keine Ahnung, was Mara im Sinn hatte, aber gemeinsam würde ihnen sicher etwas einfallen, und dann wüsste sie, was als Nächstes zu tun war. Jeder brauchte eine Freundin wie Mara! Welch ein Glück, dass sie sie hatte!

Nachdem die Pizzen geliefert worden waren, aßen und tranken die Mädchen nach Herzenslust, holten zur Nachspeise noch Schokoladeneis aus der Küche und begannen, Friedas nächste Schritte zu planen. Im Gespräch wurde klar, dass sie dabei bleiben wollte, nach Frankfurt zu ziehen. Also musste sie sich dort einen Job suchen. Mara schlug vor, dass, wenn es schon nicht bei der Lufthansa geklappt hatte, sie sich doch bei anderen Firmen, die auch mit der Fliegerei zu tun hatten, bewerben könnte. Das war eine gute Idee. Frieda würde gleich morgen anfangen, dass Internet nach Firmen und Stellenanzeigen zu durchforsten. Durch ihr Praktikum kannte sie sogar einige und hatte auch Kontakte, die sie nach weiteren Möglichkeiten und Anregungen fragen konnte. Sie würde ein paar Emails an ihr Netzwerk schicken und so hoffentlich etwas weiterkommen.

Zum Abschied umarmte Frieda ihre Freundin fest. Danke, flüsterte sie ihr ins Ohr. Mara wusste nicht, wie schlecht es ihr gegangen war, hatte keine Ahnung von ihrer Panikattacke oder den Lähmungserscheinungen. Aber sie hatte ihr geholfen. Ohne sie wäre sie verloren gewesen.

Frieda ging früh ins Bett, noch immer erschöpft von den Geschehnissen des Tages. Morgen war ein neuer Tag. Eine neue Chance. Ein Neuanfang. Neue Motivation hatte sie bereits dafür gewonnen. Nun brauchte sie nur noch frische Kraft.

*

Am nächsten Morgen fühlte sich Frieda meilenweit besser. Ihr war nicht übel, sie hatte keine Kopfschmerzen, sie war nicht mehr erschöpft und auch nicht verzweifelt. Bei der Erinnerung an den vergangenen Tag verspürte sie aber noch immer ein ungutes Gefühl in der Magengegend. Die schlechte Nachricht war längst nicht verdaut und die Schande und Scham wegen ihres Scheiterns würde sie mit Sicherheit eine ganze Weile mit sich herumtragen. Die Vorstellung, auch noch ihrer Mutter und allen anderen, die von der Bewerbung gewusst hatten, von der Absage erzählen zu müssen, ließ sie innerlich aufstöhnen. Aber sie wusste, sie musste und wollte weitermachen. Einfach liegen zu bleiben, reg- und ziellos, war das schlimmste Gefühl, das sie kannte. Noch schlimmer als der Herzschmerz der Trennung.

In sich selbst gefangen zu sein war erniedrigend und besonders peinigend, da man sich niemandem mitteilen konnte und ganz allein die Schuld daran trug.

Niemand anderes hielt einen fest als der eigene Geist. Wie also sollte man das erklären? Wie sollte man Mitleid oder Hilfe erwarten können?

Frieda wollte die Gedanken daran abschütteln. So etwas sollte ihr nicht mehr passieren. Sie musste sich um ihre Zukunft kümmern. Im Gegensatz zu gestern hatte sie heute nun wenigstens etwas zu tun. Statt zu Hause herumzusitzen, wollte sie lieber ins Uni-Café fahren und dort mit ihrer Recherche und dem Versand der ersten Emails beginnen. Nach einem schnellen Frühstück und einer kalten Dusche packte sie ihren Laptop ein und schwang sich aufs Fahrrad. Als sie den Grüngürtel entlangfuhr, den Fahrtwind in den Haaren, Blumen, Bäume, Kinder, Hunde und Sportler um sie herum, fühlte sie sich wieder frei. Sie hatte ihr Leben selbst in der Hand. Und wie Mara gestern so treffend festgestellt hatte: Eine einzelne Frau aus der Personalabteilung konnte sie nicht von ihren Träumen und Zielen abbringen. Wenn sie bei Lufthansa arbeiten wollte, konnten auch andere Wege zum Ziel führen. Vielleicht gab es neben dem Trainee-Programm noch andere Einstiegsmöglichkeiten. Oder sie arbeitete erst bei einer anderen Firma in der Branche und wechselte dann. Die Aussage, dass sie nicht zur Lufthansa passe, konnte und wollte sie nicht akzeptieren. Die Personalerin sprach nicht für den ganzen Konzern. Der Gedanke daran machte Frieda erneut wütend. Warum hatten solche Leute so viel Macht? Sie bestimmten ihren weiteren Lebensweg, obwohl sie

sie praktisch gar nicht kannten. Aber sie durfte sich nicht wieder in die Opferrolle fallen lassen. Sie musste weitermachen.

Das Ziel nicht vergessen, den Weg nicht verlassen, den Mut nicht verlieren. Das waren die Worte, die ihr ihr Lehrer in der Abschlussklasse des Gymnasiums mit auf den Weg gegeben hatte, als er ihr ihre exzellente Abiturnote mitgeteilt hatte. Damals war sie vor Stolz über den glänzenden Abschluss fast geplatzt. Dem Spruch hatte sie wenig Beachtung geschenkt. Aber vergessen hatte sie ihn nicht. Und jetzt fiel er ihr aus irgendeinem Grund wieder ein.

*

Im Café machte Frieda es sich bei einer Zimtschnecke und einem Milchkaffee gemütlich und begann, nach weiteren Stellen bei der Lufthansa, in der Branche und in Frankfurt zu suchen. Ganz einfach war es nicht. Was sie fand und las, stimmte sie wieder etwas traurig. Sie hatte die für sie perfekte Stelle gefunden und nicht geschafft, sie zu ergattern. Nun musste sie sich womöglich mit etwas zufriedengeben, das sie nicht begeisterte oder überzeugte. Aber sie würde nicht aufgeben. Nur brauchte sie eine kleine Pause vom Durchforsten langweiliger Stellenbeschreibungen.

Sie klappte den Laptop zu und starrte auf das gerahmte Poster eines Traumstrandes an der gegenüberliegenden Wand. Fernweh erfasste ihr Herz und drückte auf ihren Brustkorb. Sie wollte reisen. Raus hier. Andere ließen nach dem Uniabschluss erst einmal alles hinter sich und zogen mit dem Rucksack durch Asien oder Lateinamerika. Was würde sie darum geben, jetzt auch einfach in ein Flugzeug springen und losfliegen zu können! Frei sein. Köln hinter sich lassen. Gérôme hinter sich lassen. Die Jobsuche und ihre Mutter hinter sich lassen. Einfach weg, atmen, den Druck auf der Brust, den Klammergriff ums Herz abschütteln. Aber ihr fehlte das Geld. Es war völlig illusorisch. Und ihre Mutter konnte sie nicht mehr um Unterstützung bitten, vor allem nicht wenn sie ihr erst einmal von ihrem Versagen bei der Bewerbung erzählt hätte.

Langsam ließ sie den Blick zu dem kleinen Bücherregal wandern, das sich in der Mitte des Studenten-Cafés befand und in dem man sowohl gelesene Bücher ablegen als sich auch kostenlos an der dortigen Lektüre bedienen konnte. Wenn sie schon nicht frei war, in ein Flugzeug zu steigen und einfach zu verschwinden, dann wollte sie wenigstens in ihrer Fantasie auf Abenteuerreise gehen. Sie brauchte Ablenkung, und wenn schon nicht physisch, so konnte sie wenigstens in Gedanken tief in eine andere Welt eintauchen und von den Irrungen und Wirrungen anderer Menschen lesen.

Sie stand auf, ging zum Regal und ließ die Finger über die vielen unterschiedlichen Buchrücken gleiten. Sie las die Titel und konnte sich nicht entscheiden.

Dann dachte sie daran, wie manchmal Leute einen Globus drehten und mit geschlossenen Augen und ausgestrecktem Zeigefinger den nächsten Urlaubsort wählten. Irgendwann würde sie genau das tun. Aber heute schloss sie die Augen, ließ den Finger über das Regal wandern und beschloss, das Schicksal entscheiden zu lassen, mit welchem Buch und wohin ihre Gedanken als Nächstes reisen durften.

KAPITEL 2

Dallas

Frieda schob den braunen Rimowa-Kabinen-Trolley, auf dem ihre dunkelblaue Coach-Tasche stand, mühelos neben sich her und folgte, so schnell es ihr in den mäßig bequemen High Heels möglich war, der Delegation, die gerade aus Frankfurt gelandet war, um einen großen Kunden in Texas zu besuchen. Es war ihre erste Dienstreise außerhalb der EU. Ihr Chef hatte sie für bereit befunden und sie selbst fühlte sich mehr als das. Wie oft hatte sie seit ihrem ersten Arbeitstag vor drei Monaten schon gedacht, dass es genau das war, was sie tun sollte. Durch die Welt jetten, Deals abschließen, Verträge verhandeln und unterschrieben nach Hause bringen, mit ihren Kollegen feiern und sich selbst mit einer neuen Handtasche oder einem hübschen Kleid belohnen. Es war ein wunderbares Gefühl, gut in dem zu sein, was sie tat, und ein noch besseres, sich endlich leisten zu können, was sie wollte. Genau so hatte sie es sich vorgestellt. Business Class, Gin Tonic zum Start, ein Film zum Drei-Gänge-Menü, Entspannungsmusik, etwas arbeiten, dann zurücklehnen und bis zur nächsten Mahlzeit vor der Landung schlafen. Die schicken Outfits, die teuren Accessoires, die Kreditkarten und das Diensthandy – all das zeigte: Ich bin hier, weil ich hierhergehöre. Ich kann was. Ich hab was. Ich bin wer.

Und sie hatte es tatsächlich geschafft. Sie hatte einen für sie perfekten Job bei einem kleinen Start-up-Unternehmen in der Nähe von Frankfurt gefunden, das Logistik-Dienstleistungen für Fluggesellschaften anbot. Auch die Lufthansa war ein Kunde. Frieda arbeitete im Vertriebs-Team und sollte weitere Airlines davon überzeugen, ihre Produkte zu nutzen. Sie wohnte im schicken Nordend in Frankfurt in einer eigenen kleinen Wohnung.

Hin und wieder dachte sie an Gérôme, aber sie war sich sicher, die richtige Entscheidung getroffen zu haben. Nun fehlte ihr nur noch ein neuer Mann an ihrer Seite und ihr Glück wäre perfekt.

Ihr Chef Dean und die beiden Kollegen Jonah aus dem Bereich Operations und Moritz aus der Finanzabteilung hatten inzwischen den Ausgang der Ankunftshalle erreicht und steuerten auf ein wartendes Taxi zu. Frieda hatte Mühe, Schritt zu halten, versuchte aber, schnell aufzuschließen. Auf keinen Fall wollte sie negativ auffallen, sodass ihr Chef sich beim nächsten Mal vielleicht überlegen könnte, sie nicht mehr mitzunehmen. Beim heutigen Meeting hätte sie zunächst eher eine passive Beobachterrolle. Erst später, wenn sie ein paar Mal beim Kunden dabei gewesen wäre, würde sie selbst eine Präsentation ihrer Dienstleistungen oder eines Angebots halten dürfen. Da sie inhaltlich also nicht viel beitragen musste, konzentrierte sich Frieda hauptsächlich darauf, ihr Äußeres und ihr Verhalten im Griff zu haben.

Im Taxi besprachen die Kollegen noch einmal, wer welchen Part der Präsentation übernehmen sollte und wie sie Frieda vorstellen würden. In Gedanken ging sie noch einmal ihr Outfit durch, das sie sorgfältig für diesen Tag geplant, ausgesucht und vorbereitet hatte. Der Hosenanzug von Comptoir des Cotonniers würde fuselfrei sein und perfekt sitzen, die weiße Bluse von Reis aus London war knitterfrei gebügelt und die Schuhe auf Hochglanz poliert. Die Haare wollte sie offen tragen, also musste sie sie im Hotel noch einmal schnell waschen. Hoffentlich blieb genug Zeit dafür.

Im Hotelzimmer angekommen, warf sie den Trolley auf eines der beiden Betten und loggte sich ins Hotel-WLAN ein, um endlich, nach über zehn Stunden, wieder mit der Welt verbunden zu sein. Sie lächelte, als sie eine Nachricht von David aufpoppen sah. Sie hatte ihn im Internet kennengelernt. Er lebte in Dallas und wollte sie treffen, wenn sie hier war. Frieda hatte ihm erzählt, dass sie demnächst wahrscheinlich öfter hierherreisen würde, und er war fasziniert von ihr. Auch sie konnte es nicht erwarten, ihn zu sehen. Erst die Arbeit, dann das Vergnügen, wies sie sich mit Blick auf die Uhr jedoch selbst zurecht. Rasch zog sie sich aus, sprang unter die Dusche, streifte ihr Meeting-Outfit über, schminkte sich und kämmte ihre nassen kastanienbraunen Haare, die hoffentlich schnell trocknen würden.

In Gedanken ging sie durch, worauf sie achten musste. Beim Kaffeetrinken müsste sie vorsichtig sein, die weiße Bluse nicht zu bekleckern. Beim Abendessen wollte sie Salat und Pasta mit Soße meiden. Generell war es gut, im Hintergrund zu bleiben. Am besten nur reden, wenn sie angesprochen wurde, und dann etwas Geistreiches sagen. Vor der Reise hatte sie gewissenhaft recherchiert, was es über den Kunden und Dallas zu wissen gab. Oft half es, wenn man etwas zu den Sportereignissen oder kulinarischen und kulturellen Besonderheiten eines Ortes zu sagen hatte. Politik- und Religionsthemen sollte man besser meiden, es sei denn, der Kunde kam darauf zu sprechen. Dann waren neutrale, unverfängliche Antworten gefragt.

Frieda schwitzte, obwohl sie gerade erst geduscht und ein Deo benutzt hatte. Es gab so viel zu berücksichtigen und zu bedenken. Sie war froh, dass sie nicht auch noch für die Meeting-Inhalte zuständig war. Bestimmt wäre man irgendwann so routiniert, was solche Geschäftsreisen anging, dass man sich nicht mehr so viele Sorgen machen würde und sich besser auf das Wesentliche konzentrieren konnte. Aber im Moment war sie noch blutige Anfängerin. Sie spürte, wie die Bluse bereits unter den Achseln feucht zu werden begann, was sie noch nervöser machte. Darauf war sie nicht vorbereitet. Sie hatte nur diese eine Bluse für

das Meeting dabei. Hastig stopfte sie etwas Toilettenpapier unter die Arme und schaute auf das Display
ihres Handys. Noch zehn Minuten, bis sie sich wieder
in der Lobby treffen wollten. Sie beschloss, die Zeit für
die Beantwortung einiger Whatsapp-Nachrichten zu
nutzen und vor allem David zu informieren, dass sie
gut gelandet war.

Just landed. Can't wait to finally see you, tippte sie.

Dann überlegte sie, dass das vielleicht zu forsch war,
und löschte den letzten Satz. Sie wollte gelassener klingen.

Looking forward, schrieb sie stattdessen. Dann blickte
sie noch einmal in den Spiegel, zog die Taschentücher
aus ihrer Bluse und lief in die Lobby. Die Kollegen
waren schon dort und tranken Automaten-Kaffee aus
Pappbechern.

Schmeckt furchtbar, warnte Jonah sie, als er ihren
interessierten Blick sah. Aber wart ab, im Meeting ist
der Kaffee noch schlimmer. Das ist immer eine wässrige Brühe bei denen!

Frieda lachte und beschloss, lieber gar keinen Kaffee
zu trinken. Sie war sowieso nervös und schwitzte noch
immer.

Nach einer kurzen Taxifahrt zwischen braunen
und ockerfarbenen, quadratisch-klotzigen Bauten erreichten sie den Hauptsitz des potenziellen Neukun-
den. Die Firma war groß und weltweit aktiv, sodass
sie ein exzellenter und wichtiger Fang für ihr Unternehmen wäre. Am Empfang mussten alle ihre Aus-

weise vorzeigen und erhielten im Gegenzug Lanyards mit Namensschildern und QR-Code. Eine Dame in schlechtsitzendem Hosenanzug führte sie zu den Aufzügen und erklärte ihnen den weiteren Weg. Als sie den schlichten Meetingraum erreichten, trat Frieda als Letzte ein.

Ihr Chef, Jonah und Moritz kannten die Anwesenden schon persönlich und begrüßten alle mit jovialem Handschlag und Schulterklopfen. Es waren ausschließlich Männer anwesend. In der Logistik-Branche war das nichts Ungewöhnliches. Frieda war in ihrem Team auch die einzige Frau und daher daran gewöhnt. Allerdings fehlte ihr so die Möglichkeit, sich ein Beispiel an einer erfahreneren Kollegin nehmen zu können. Mit einem derart männlichen Gehabe konnte sie selbst schließlich unmöglich die Kunden begrüßen. Also beschloss sie, einfach jedem höflich die Hand zu schütteln, auf einen festen Griff zu achten und ihren Namen deutlich zu nennen. Sie schien gut anzukommen, die vier Herren lächelten sie freundlich an und hießen sie willkommen. Auf dem Konferenztisch standen Teller mit Plätzchen. An der Wand war auf einem Tisch eine Box mit Plastik-Zapfhahn aufgestellt, neben der Pappbecher, Wasserflaschen, Zucker und Kaffeesahne standen. Die Box enthielt wohl die wässrige Brühe, vor der Jonah sie gewarnt hatte.

Das Meeting begann mit etwas Small Talk und ihrer Vorstellung. Ihr Chef erklärte, dass sie das neueste Sales-Wunder der Firma sei, und alle Anwesenden lachten.

Einerseits war es Frieda ein wenig peinlich, gleichzeitig schmeichelte ihr das übertriebene Lob. Sie lächelte betont selbstbewusst, aber trotzdem mit der gebotenen Bescheidenheit in die Runde, und als die Amerikaner sie willkommen hießen, ratterte sie höflich ihre einstudierte Begrüßung herunter: Thanks! I am happy to be here.

Okay, let's get started! schlug ihr Chef schließlich vor und erklärte als Erstes ein paar Anpassungen am bereits vorliegenden Angebot, wobei er oft von den Kunden mit Fragen unterbrochen wurde, auf die je nach Inhalt er selbst, Jonah oder Moritz antworteten. Frieda hatte große Mühe, die Fragen zu verstehen, besonders wenn Tom sprach. Eigentlich hielt sie ihr Englisch für gut, aber die Texaner hatten einen solch starken Akzent, dass sie vor Konzentration fast den Atem anhielt, um sie zu verstehen. Manches Mal gelang es ihr dennoch nicht.

Nach einer Stunde Diskussion, in der zum Teil auch sehr herausfordernde und skeptische Fragen gestellt worden waren, auf die Frieda keine Antwort gewusst hätte, war sie froh, dass eine Pause eingelegt wurde. Da nun ein Teil der ersten Anspannung und Aufregung von ihr abgefallen war, merkte sie auch, wie müde sie war. Daher beschloss sie, sich sowohl an den Plätzchen zu bedienen als auch zu wagen, den Kaffee zu kosten. Der stellte sich tatsächlich als wässrige Brühe heraus, aber ihr kam es mehr auf die Wirkung an und die setzte glücklicherweise prompt ein. Jetzt fühlte sie sich besser und gestärkt für Runde zwei.

Moritz übernahm nun die Präsentation und erklärte die Anpassungen beim Preis-Modell. Frieda entspannte sich ein wenig und ließ ihre Gedanken zu David schweifen. Das Dinner mit den Kunden würde hoffentlich nicht allzu lange dauern. Dann könnte sie vielleicht um 21 Uhr fürs Date bereit sein. Sie wollte sich unbedingt vorher noch duschen und umziehen, auch ein Outfit für das Treffen hatte sie natürlich dabei. Sie nahm ihren letzten Schluck Kaffee und versuchte, ihre Aufmerksamkeit wieder dem Geschehen im Raum zuzuwenden. Beim Abstellen des Bechers bemerkte sie, dass etwas nicht stimmte. Ihre Bluse fühlte sich vorne feucht an. Entsetzt und mit einer bösen Vorahnung lenkte Frieda den Blick nach unten, nur um festzustellen, dass ihre schlimmsten Befürchtungen und genau das, was sie so unbedingt hatte vermeiden wollen, eingetreten waren. Auf ihrer schneeweißen Designer-Bluse prangte ein etwas mehr als münzgroßer, hässlicher Kaffeefleck. Ein Schandmal ihrer amateurhaften Dummheit! Sie hatte nichts vortragen und keine Fragen beantworten müssen. Nicht einmal Protokoll musste sie führen, denn sie hatten vereinbart, dass alle sich Notizen machen und sie in der Nachbesprechung abgleichen würden. Alles, worauf sie sich hatte konzentrieren müssen, war, nicht negativ aufzufallen und alles zu beobachten. Die letzten fünf Minuten hatte sie weder das eine noch das andere geschafft. Im Gegenteil, sie hatte auf ganzer Linie versagt. Panik stieg in ihr hoch, und sie spürte, wie ihr Gesicht heiß wurde.

Oh nein! dachte sie. Jetzt nicht auch noch rot werden! Der Gedanke verschlimmerte das Gefühl, dass ihr Kopf gerade einer reifen Tomate glich, nur noch mehr. Glücklicherweise schien niemand sie zu beachten. Dem Vortrag und den Gesprächen im Raum jetzt noch zu folgen war aber quasi unmöglich. Fieberhaft überlegte sie, wie sie den Fleck aus der Bluse entfernen oder ihn alternativ möglichst gut verdecken könnte, ohne die Aufmerksamkeit der Kunden oder Kollegen zu erregen. Schließlich beschloss sie, den Rest des Tages ihren Blazer zu tragen, auch wenn es warm war, und bei der ersten Gelegenheit auf der Toilette zu versuchen, den Fleck mit Wasser aufzuhellen.

Die restliche Zeit des Meetings versuchte sie sich besser auf das Geschehen zu konzentrieren. Allerdings hielt die Wirkung des Kaffees nicht lange vor und schon bald kämpfte sie gegen eine immer stärker werdende Müdigkeit an. Im Flugzeug hatte sie eben doch weder lange noch tief geschlafen. Sie begann sich zu fragen, ob ein Treffen mit David heute überhaupt so eine gute Idee wäre. Ab und zu schielte sie auf den Fleck auf der Bluse. Die Kollegen würden sie in jedem Fall damit aufziehen! Immer wieder schweiften ihre Gedanken ab, und als es schließlich an der Zeit war, das Meeting zu beenden, hatte sie das Gefühl, komplett versagt zu haben. Sie war hierhergekommen, um zu lernen. Stattdessen hatte sie geträumt und maximal die Hälfte der Gespräche mitbekommen! Noch dazu die Kleckerei.

Es war ein Desaster! Dean würde sie später oder morgen mit Sicherheit ausfragen und sie würde niemals alles beantworten können.

Die Amerikaner hatten in einem Steakhouse einen Tisch fürs Abendessen reserviert, erklärten aber, dass sie noch kurz ein paar Dinge an ihren Schreibtischen erledigen müssten. Frieda merkte, dass ihr vor Hunger inzwischen der Magen knurrte. So eine Reise war anstrengend. Und sie hatte bisher noch nicht einmal wirklich gearbeitet!

Und, was denkt ihr? fragte Dean, als die Kunden den Raum verlassen hatten.

Dass sie sehr interessiert sind. Aber ich bin nicht sicher, ob sie von der IT überzeugt sind. Tom hatte viele Fragen. Eventuell müssen wir mal jemanden von unserer IT-Abteilung mitbringen, antwortete Jonah.

Ich glaub, es war okay. Aber wirklich in die Karten lassen sie sich nicht schauen. Wir müssen den IT-Teil auf jeden Fall noch mal besser aufbereiten, ergänzte Moritz.

Dean nickte. Und was ist dein Eindruck, Frieda?

Ich denke auch, es war ganz gut ..., begann sie vorsichtig. Aber unser angepasstes Preis-Modell ist komplexer geworden. Ich glaube, sie haben länger gebraucht, um es zu verstehen. Das macht es wiederum schwer für sie, das intern weiterzuverkaufen.

Frieda war selbst erstaunt, dass ihr so etwas Geistreiches eingefallen war. Aber sie hatte sich an den ersten Teil des Meetings erinnert, als sie noch konzentrierter gewesen war, und das war ihr aufgefallen und tatsächlich durch den Kopf gegangen.

Dean nickte anerkennend.

Da könntest du recht haben, ging er auf ihre Antwort ein. Das neue Modell macht wirklich Sinn. Aber wir beschäftigen uns täglich mit nichts anderem. Mir ist auch aufgefallen, dass es für sie schwer zu verdauen war. Wenn man da nicht so tief drin steckt wie wir, ist es wirklich zu komplex. Ich denke, da müssen wir noch mal ran.

Moritz schaute konsterniert drein. Er hatte die neuen Anpassungen maßgeblich entwickelt und auf den Wunsch von Dean viel Mühe hineingesteckt. Nun schien das Ergebnis des Meetings hauptsächlich eine Kritik an seiner Arbeit zu sein und ihm darüber hinaus noch einen Folgeauftrag zu bescheren. Frieda hoffte, dass er ihr das nicht übelnahm. Letztendlich war es Dean ja auch selbst aufgefallen.

Insgeheim beglückwünschte sie sich selbst, dass sie eine solch wichtige Beobachtung gemacht hatte.

*

Im Restaurant fielen Frieda fast die Augen zu. Der Hunger war unerträglich, zum Glück gab es bald reichlich und gutes Essen. Dazu tranken alle Wein, Bier und Cocktails. Die Gespräche drehten sich schon bald nicht mehr um die Geschäfte, sondern um Sport, Familie und Reisen. Frieda merkte, dass sie trotz ihrer intensiven Vorbereitung bei fast keinem Thema mitreden konnte. Der Diskussion über Baseball konnte sie trotz ihrer Recherchen kaum folgen, hatte keine Kinder, war nicht verheiratet und bei Weitem nicht so weit gereist wie die sieben Männer. Während sich am Tisch mehrere Gesprächsstränge entwickelten, hörte sie mal hier, mal dort zu, war selbst aber nirgends involviert. Sie fühlte sich etwas verloren und sehnte das Ende des Essens herbei. Am liebsten würde sie endlich allein sein, diesen Blazer, die verschwitzte, bekleckerte Bluse und die hohen Schuhe ausziehen und erschöpft auf ihr Hotelbett fallen.

Die Vorstellung, sich noch einmal umzuziehen und zu einem Date zu gehen, erschien ihr nicht besonders einladend. Müde nippte sie an ihrem Cocktail, fühlte den Kopf immer schwerer werden und überlegte, ob sie David absagen und das Treffen irgendwie verschieben könnte. Allerdings würde sie morgen bereits zurückfliegen. Es gab also keine andere Option, und sie wusste nicht, wann sie wieder in Dallas sein würde.

Komm schon, ermahnte sie sich selbst. Du bist noch jung. Du kannst den Schlaf später nachholen.

Also beschloss sie, einen Kaffee zu bestellen. Sie winkte dem Kellner und bat um einen Espresso. Als der Kellner in die Runde fragte, ob sonst noch jemand etwas wolle, feixte Moritz sie an. Are you sure that you can handle another coffee?

Frieda spürte sofort, wie ihr erneut die Röte ins Gesicht stieg. Also hatte zumindest Moritz die Sache mit dem Fleck bemerkt! Und wenn das auch einer der anderen getan hatte, dann wusste er jetzt genau, worauf Moritz anspielte. Wie peinlich! Das war seine Rache für ihren Kommentar bezüglich seines Modells.

Dean grinste und Jonah schaute etwas verwirrt aus der Wäsche. Die Reaktion der anderen Männer konnte Frieda nicht analysieren, sie bestellten schon ihren eigenen Kaffee oder Schnaps und niemand ging weiter auf Moritz' Kommentar ein. Frieda fühlte sich inzwischen einfach nur elendig. Sie war zwar nicht mehr hungrig, hatte aber viel gegessen, was sie noch schläfriger hatte werden lassen. Der Alkohol war ihr zu Kopf gestiegen, und die ganze Situation als einzige Frau hier am Tisch, die nicht viel beizutragen hatte und auch noch lächerlich gemacht wurde, ließ sie sich fehl am Platz fühlen. Außerdem quälten sie die Gedanken an das bevorstehende Date.

Sie war froh, als nach einer gefühlten Ewigkeit, in der sie alle noch diverse Getränke konsumierten, die Rechnung kam und sie sich voneinander verabschiedeten. Es war gerade einmal 21:15 Uhr, aber in Deutschland schon weit nach Mitternacht.

Zurück im Hotel, kickte Frieda als Erstes die High Heels in die Ecke, zog hastig den Blazer und die Bluse aus und öffnete die Wasserflasche, die auf dem Nachttisch bereitstand. Dabei sah sie nach den Nachrichten auf ihrem Handy.

David hatte um 20 Uhr geschrieben: *Hey, how is it going, darling?*

Und um 20:30 Uhr: *Don't let me wait for too long :-)*. Es war zwar ein Smiley hinter der letzten Nachricht, aber die war nun auch schon über eine Stunde her, und Frieda fühlte sich schuldig und unter Druck gesetzt, schnell zu antworten.

Just came back from dinner, sorry! I can leave in 15. Where do we meet?

Sie warf das Handy aufs Bett, zog sich hastig aus und sprang unter die Dusche. Es tat gut, den Schweiß, die Müdigkeit und die Peinlichkeiten der letzten Stunden abzuwaschen. Gleichzeitig machte der Druck, den sie auf Grund der Nachricht von David empfand, sie wieder hellwach. Nach all den Nachrichten, die sie die letzten Wochen über ausgetauscht hatten, wollte sie ihn jetzt nicht sitzen lassen. Irgendwie hatte sie sich das alles nur viel einfacher vorgestellt. Es war noch nicht wirklich spät, aber eben nur nach Ortszeit. Sie hatte die anstrengende Reise und die Zeitverschiebung völlig unterschätzt.

Nach fünf Minuten trat sie aus der Dusche, wickelte sich in eines der dicken Hotelhandtücher und lief zum Bett, um nach ihrem Handy zu sehen.

Okay ... It's quite late. Gotta work tomorrow. Do you want to come to my place? schrieb David. Die Nachricht löste diverse ungute Gefühle in Frieda aus. Zum einen war der Text sehr nüchtern, nichts mehr von den Schmeicheleien oder der gespannten Erwartung der letzten Tage. Zum anderen ärgerte sie sich, weil David ein wenig beleidigt schien, dass sie so lange auf sich warten ließ. Aber was dachte er denn? Sie war hier auf Dienstreise und hatte ihm erklärt, dass sie noch ein Geschäftsessen nach dem Meeting haben würde und es klar wäre, dass das nicht so früh beendet sein würde. Und zu guter Letzt war sie auch enttäuscht. Sie hatte sich so sehr auf ein echtes amerikanisches Date gefreut. Eine Bar oder irgendetwas Nettes in die Richtung. Ein toller Mann, der sie umgarnte, verwöhnte und natürlich einlud. Das alles zu überspringen und einfach direkt zu ihm zu gehen war wenig romantisch.

Frieda rang mit sich und stand unschlüssig mit dem Handy in der Hand neben dem Bett. Schließlich ließ sie das Handtuch fallen und warf sich nackt auf die gestärkten, stramm gezogenen und nach Hotel-Wäscherei duftenden Laken. Sie hatte schon so viel auf dieser kurzen Reise vermasselt. Sollte sie nun auch noch das Date absagen? Nach all den Erwartungen und der Zeit, die sie in die Chats mit David und die Vorbereitung gesteckt hatte? Ihr kleines Dunkelblaues (schwarz trug sie nicht) lag im Koffer obenauf, bereit, übergestreift und alsbald auch wieder ausgezogen zu werden. Von David! Sollte sie es unbenutzt wieder zu Hause in den Schrank hängen? Man bereute doch nur das, was man im Leben nicht tat, hieß es. Jetzt war sie einfach müde und hatte einen langen Tag hinter sich, und dass sie schon in der Horizontalen lag, half nicht gerade. Aber zurück in Deutschland, würde sie sich sicher ärgern, wenn sie David abgesagt hätte. Bisher war er immer großartig gewesen. Sie durfte sich doch nicht von einer einzigen Nachricht aus dem Konzept bringen lassen.

Sorry. Dinner took long. What is your adress? tippte sie schließlich.

Während sie die Antwort abwartete, zog sie sich an. Das Handy vibrierte. David hatte ihr seine Adresse geschickt. Nur das. Kein *Looking forward* oder irgendetwas in die Richtung. Sie fühlte, wie es ihr wieder einen Stich versetzte und sie sauer und enttäuscht zugleich war. Aber nun war sie schon so weit und wollte sich nicht wieder ausziehen. Also schnappte sie sich ihre Handtasche und lief zur Lobby, wo sie an der Rezeption ein Taxi bestellen wollte. Wenigstens hätte er mich abholen können. Oder fragen können, ob wir uns hier treffen wollen, dachte sie missmutig. Wie ein Gentleman verhielt David sich jedenfalls nicht. Vielleicht lohnte sich das Ganze gar nicht. Sie war auf der Suche nach einem Traumprinzen und nicht nach einer schnellen Nummer. Was dachte sie sich eigentlich dabei? Natürlich würden sie miteinander schlafen. Aber wenn sie jetzt direkt zu ihm fuhr, standen die Chancen gleich null, dass abgesehen von einem One-Night-Stand noch viel aus ihnen werden würde. Trotzdem fragte sie den Rezeptionisten nach dem Taxi. Sie konnte sich immer noch umentscheiden. Letztendlich würde sie sich aber dämlich vorkommen, wieder ins Zimmer zurückzugehen, sich auszuziehen und allein im Bett zu liegen, um über all die unschönen Momente des Tages nachzudenken. Wenigstens würde sie jetzt noch etwas erleben. Hoffentlich etwas Gutes, woran sie sich später immer gern erinnern würde.

Mit all diesen Gedanken im Kopf stieg sie endlich in das Taxi und fuhr durch das nächtliche Dallas zu der ihr unbekannten Adresse. Erst jetzt schoss ihr durch den Kopf, dass das auch gefährlich sein könnte. Aber sie schob die neuen Bedenken schnell wieder beiseite. Sie war kein Hasenfuß, sondern eine Abenteurerin. Es würde schon alles gut gehen. Allerdings fragte sie sich nun, wie David wohl wohnen würde. In einem großen, freistehenden Haus? In einem Wohnblock? Bisher hatten sie nie darüber gesprochen, wie ihre Wohnverhältnisse aussahen. Und sie hatte nicht unbedingt damit gerechnet, dass sie heute schon mehr darüber erfahren würde.

Das Taxi hielt schließlich in einer Wohngegend, in der viele zwei- bis dreistöckige Gebäude mit kleinen Gärten standen, die jeweils alle gleich aussahen und aus mehreren Apartments bestanden. Im Dunkeln konnte Frieda trotz der Straßenbeleuchtung und des hellen Lichtscheins aus einigen Fenstern nicht allzu viel erkennen. Allerdings schien ihr die Gegend nicht die beste zu sein. Reich war David also schon mal nicht. Von der Arbeit hatten sie oft gesprochen. Er war IT-Fach-Angestellter bei einer Firma, die Roboter für die Nahrungsmittelindustrie produzierte.

Ihr war wichtig, dass ein Mann gebildet war und ein gewisses Einkommen hatte. Schließlich wollte man zusammen etwas unternehmen können und nicht immer jeden Cent einzeln umdrehen. Außerdem versprach ein gewisser finanzieller Hintergrund Sicherheit und Unabhängigkeit. Beides war ihr ebenso wichtig wie der Lifestyle, den sie, seit sie endlich selbst arbeitete, pflegen konnte. Sie wollte gar nicht daran zurückdenken, wie es als Studentin gewesen war! Und natürlich wollte sie reisen. Das alles war ihr wichtig, denn Geld bedeutete Freiheit, und nichts war kostbarer, als frei zu sein.

Sie schlug die Taxitür zu und suchte den Eingang zur Hausnummer 2034. Schließlich fand sie Davids Nachnamen auf einer der vier Klingeln und sog vor Überraschung tief die kühle Nachtluft ein. Dort stand: Schmidt/Turner. Plötzlich fühlte sich ihr Mund ganz trocken an. War David etwa in einer Beziehung? Aber nein, so ein Quatsch, er würde sie doch niemals nach Hause einladen, wenn das der Fall wäre. Aber wer war Turner? Und warum wusste sie nichts davon? Sie zögerte. Sollte sie wirklich klingeln oder lieber doch nicht?

Das Taxi war bereits abgefahren. Die Straße lag dunkel und leer hinter ihr. Die Fahrt durch Dallas hatte sicher fast eine halbe Stunde gedauert. Unentschlossen sah sie in eines der erleuchteten Fenster und entdeckte eine Frau, die in ihrer Küche abwusch. Sonst war nichts zu erkennen. Frieda öffnete die Handtasche und kramte nach ihrem Handy. Es war fast 23 Uhr! Was, in aller Welt, tat sie hier? In dem Moment vibrierte das Handy in ihrer Hand. *You okay? Where are you?,* schrieb David.

Frieda war froh, dass er *You okay?* geschrieben hatte. Diese zwei Wörtchen machten den entscheidenden Unterschied. Er schien sich um sie zu sorgen. So wie sie es von ihm kannte. Immer an ihrem Wohlbefinden interessiert und fürsorglich. *I am here*, antwortete sie, statt zu klingeln. *Can you open the door?*

Wait, I am going down.

Erleichtert atmete sie auf. Wenigstens holte er sie hier unten ab. Gleichzeitig stieg ihre Anspannung. Gleich würde sie ihn sehen! Würde er sie live und in Farbe auch attraktiv finden? Und sie ihn? Wie würde er riechen? Was würde gleich passieren?

Eine Tür öffnete sich und David kam über den kleinen, durch eine einzige Laterne beleuchteten Weg vom Haus zum Tor. Er trug eine Jeans und ein kariertes Hemd, das er in die Hose gesteckt hatte. Bei ihren Video-Chats hatte Frieda bisher hauptsächlich sein Gesicht gesehen. Er erschien etwas kleiner zu sein, als sie gedacht hatte, aber groß genug. Gut gebaut, Dreitagebart. Und jetzt, als er näher kam, sah sie sein Lächeln. Herzerwärmend, fürsorglich, einladend. Dieses Lächeln, das sie nun seit Wochen kannte, das ihr vertraut war und ihr ein Gefühl von Geborgenheit gab.

David öffnete die Tür und nahm sie in den Arm. Er fühlte sich gut an, roch stark nach irgendeinem Aftershave. Zu stark, aber trotzdem sexy. Sie mochte den Gedanken, dass er sich für sie zurechtgemacht hatte. Auch wenn es eigentlich selbstverständlich war. Seine Arme fühlten sich wunderbar an. Sie schmolz förmlich in ihnen. Es war richtig. Sie wusste sofort, dass sie nicht viel reden würden an diesem Abend. Die Anziehungskraft war nicht nur via Internet groß, nein, sie bestätigte sich in der realen Welt nicht nur, sie übertraf alles. Frieda glaubte sogar, dass sich eine Umarmung noch nie so richtig angefühlt hatte wie diese. Am liebsten wäre sie einfach so stehen geblieben. Und tatsächlich standen sie sicherlich ein, zwei Minuten stumm und einander in den Armen liegend am Tor. Komm rein, flüsterte David ihr schließlich sanft ins Ohr. Sein heißer Atem auf ihrer Haut ließ ihr einen Schauer über den Rücken laufen. Ihr Mund war nun noch trockener als wenige Minuten zuvor. Sie antwortete nicht, sondern lächelte nur, nahm seine Hand und ließ sich bereitwillig Richtung Haus ziehen.

KAPITEL 3

Ende Januar 2020
DAS GANZE LEBEN IST EIN SPIEL

Frankfurt

Frieda hatte sich das komplette Wochenende von der Reise erholen müssen. Eingemummelt in ihre dicke Daunendecke, nur die Tür kurz geöffnet für den Lieferdienst, einen Löffel aus der Küche geholt, barfuß über die kalten Dielenfliesen schnell zurück ins geheizte Schlafzimmer und ins Bett gehuscht, die Vorhänge zugezogen den ganzen Tag, das fahle Januarlicht aussperrend, auf ihrem Laptop eine Folge ihrer aktuellen Lieblingsserie nach der anderen geschaut. Sie stand nur auf, um ins Bad zu gehen. Sie aß eine ganze Tafel Schokolade, wie in Studentenzeiten, beim Lernen. Nur dass sie nicht lernte. Und sie sprach zwanzig Mal am Tag mit David. Sie zog ihr Sweat-Shirt und ihr Unterhemd aus und zeigte ihm ihre Brüste. Sie strich darüber und er stöhnte. Ihr wurde warm, obwohl draußen nur drei Grad über null waren.

Die Nacht in Dallas steckte ihr noch in den Knochen. David hatte sie überall berührt, er hatte ihren Körper eingenommen, sie überschwemmt mit sich selbst. Sie fühlte ihn noch unter ihrer Haut. Stunden,

Tage später, tausende Meilen entfernt. Wie konnte das sein? Sie kannte ihn kaum, doch es war, als ob ihr Körper sich in ihm aufgelöst hatte. Wie verschmolzen, vereint, in einer wohligen Woge von Ankommen und Heimatgefühl. Wie heiße Schokolade mit Sahnehaube vor einem Kamin mit knisternd rot-orangenem Feuer, mit Zimt- und Tannenduft in der Nase und der Kopf ein bisschen benebelt, so wie nach einem ersten Drink vor einer langen Partynacht. Sie wollte nicht aus diesem Traum erwachen. Jedes seiner Wort drang direkt in ihr Inneres, irgendwo zwischen Bauchnabel und Vulva. Es war egal, was er sagte. Und das war das Problem. Sie sagten sich viel, ohne sich etwas zu sagen. Sie waren vereint in einem berauschenden Gefühl tiefer Verbundenheit. In einer anderen Welt.

Frieda wusste es. Wenn sie hinausgehen würde, wenn sie die grau asphaltierte Straße mit den niedrigen Zäunen und brachliegenden winterlichen Vorgärten entlanggehen würde, zur Bahn-Haltestelle, die Schienen ächzend und quietschend, wenn die U5 anrollte und Menschen mit in Schals und hochgeklappten Kragen verkrochenen Gesichtern ausspuckte, mehr einstiegen und nach einem Sitzplatz Ausschau hielten, dann würde sie wissen, dass hier war nicht seine Welt. Bei ihm schien die Sonne. Seine Welt war ocker, nicht grau. Bei ihm gab es breite Straßen mit großen Autos, keine Züge, keine Furcht, stehen zu müssen. I'll come visit, sagte David sanft. Der Satz vibrierte in ihr, weniger beim Bauchnabel, mehr bei der Vulva. Schnell wieder auf Play drücken. Schon Wahnsinn, was die Leute alles für Probleme hatten. Man selbst dagegen hatte es schön warm. Warmes Essen, warme Heizung, warme Decke, warme Stimme vom anderen Ende der Welt, direkt in den eigenen Bauchnabel hinein.

Aber der Montag kam. *I'll come visit …* Wie wäre es, wenn er alles mit ihren Augen sehen könnte? Den Kaffee in der goldenen French Press, den Boiler über der Badewanne, ihr Spiegelbild in hohen Stiefeln und dem schwarzen Wollmantel, hoher Pferdeschwanz, Rouge, Mascara. Der kurze Weg zur Bahn, wie ein Laufsteg für die Designer-Handtasche. Ein Blick auf die Uhr zeigte: genug Zeit für einen grünen Smoothie in dem Laden direkt an der Haltestelle. Der freundliche Marokkaner mit dem breiten Lächeln und den Augen, die sanft von einem schweren Schicksal erzählten.

I'll come visit …

Was würde David denken, wenn er sie sehen könnte – Drink in der Hand, in der Bahn stehend, weil um die Zeit nie etwas frei war, die Rolltreppe runter zur S8, vorbei am Bäckerstand. Heute keine Zeit für eine Brezel, auf den Bildschirmen am Bahnsteig Werbung, Nachrichten und Ratespaß. *Wissen Sie, wie viele Tore Rudi Völler in seiner Karriere für die deutsche National-Elf geschossen hat? A, B oder C?* Kannte David Rudi Völler überhaupt?

Der Smoothie ausgetrunken, der Plastikbecher, die Plastikhaube, der Papiertrinkhalm, alles ab in den Mülleimer, endlich rollt die S8 ein. Trennt man Müll hier nicht? Der längere Teil der Fahrt, angespannter Blick, der durch die einrollenden Abteile schweift und die Sitzplatz-Lage erfasst. Der Moment, der entscheidet, ob man 30 Minuten lesen kann. Oder 30 Minuten im Mantel stehen und schwitzen muss, eingeklemmt zwischen Bürostadt-Niederrad-Anzügen, Flughafen-Sicherheitsleuten und Obdachlosen, die in der Wärme nur so herumfuhren. Wieso gibt es hier so viele Obdachlose? Was liest du denn? Mit Davids Augen fuhr sie bis nach Raunheim, rannte dem kleinen Bus nach, der nicht hielt, lief die zehn Minuten bis zum Büro, trat ein und ließ Davids Augen draußen.

*

Der Tag verlief spannend. Es gab Meetings, um das weitere Vorgehen nach der Dallas-Reise zu besprechen. Dazwischen Pläusche mit den Kollegen, die Reise wurde erzählt und ausgeschmückt, es wurde gelacht und gefrotzelt. Ihr Kaffee-Fleck hatte schnell die Runde gemacht, aber jetzt konnte sie über sich selbst lachen. Wieso war sie nur so nervös gewesen? Sie hatte es drauf. Sie hatte dem Meeting folgen können und die Reise gemeistert. Und war um einen Lover reicher zurückgekehrt. Doch dieser Teil der Reise blieb ihr Geheimnis.

To-dos mussten abgearbeitet werden und beim Mittagessen erwähnte Florian vom Einkauf das neuartige Virus in Asien. Ob das solche Auswirkungen aufs Geschäft haben würde wie damals SARS oder Ebola?

Schulterzucken. Immer wieder Ärger mit den Chinesen! Warum müssen die auch Fledermäuse fressen? Allgemeines Gelächter.

Auf dem Heimweg im Zug ein breites Grinsen im Gesicht. Jetzt war sie eine von denen. Verliebt über beide Ohren. Eine von denen, deren Leben gerade perfekt war, denen man ansah, dass sie auf pinker Zuckerwatte durchs Leben schwebten. Jedem Ping des Handys folgte ein Freudensprung des Herzens. Egal, wie profan die Nachricht, die Endorphine tanzten. Sie fühlte sich angekommen. Hier in der S-Bahn, in ihrer Traumstadt. In Davids Herz. In ihrem Job. Jeder Tag brachte Aufregendes. Jeden Morgen freute sie sich auf die Kollegen, Witzeleien beim Lunch, Cappuccino zum Nachtisch und immer wieder gab einer der Jungs ihr den auch noch aus. Am Wochenende stand eine Party an. Gael, ihre Freundin aus Holland, hatte sie eingeladen. Ihr Leben war voll.

Nur an die Zukunft war nicht zu denken. Wie das alles und David zusammenbringen? Den Gedanken musste sie wegschieben. Hier und jetzt war alles gut. Sie würde öfter nach Dallas fliegen. Sie mussten den Kunden begeistern, sie würde hart arbeiten. Und David musste herkommen. Er sollte ihre Welt sehen, sie brauchten doch eine Basis. Für diese Zukunft, an die nicht zu denken war.

*

Zu Hause machte Frieda sich ein schnelles Abendessen und scrollte durch die Social Media News. Gael hatte ihr einen Link geschickt, für die Party. Dresscode: all white. Im Zenzakan, wo das Sushi exzellent und die Preise so hoch wie die Skyline von Mainhattan waren. Man konnte schon sehen, wer sonst so kam. Und die anderen Gäste anschreiben. So flirtete man heute. Bloß nichts anbrennen lassen.

Die Gemüsepfanne war fertig. Frieda musste ein Foto hochladen. Oder so wurde es zumindest empfohlen, stand da. Die Suche dauerte lange. Hier zu unscharf, da zu viel los, hier zu viel Make-up, da zu schüchtern.

Das Abendessen war aufgefuttert, das Foto noch nicht gefunden, der Magen knurrte immer noch. *Ping.*

David hatte geschrieben. *What are you doing?*

Hmm … wie das jetzt erklären?

Eating dinner! And you?

Stunden später … *Gotta go to bed. When will you come visit?*

Soon, Darling soon! Gotta take care of some things here first.

Take care of what?

I gotta tell you something

Herzklopfen, Magengrummeln.

What is it?

I have a daughter.

Herz setzte einen Schlag aus. Magen verkrampfte sich. Finger über der Tastatur.

Zögern. Leichtes Schwitzen. Stille. David schrieb …

She is nine years old.

Neun? Was, zur Hölle?!

How old are you? tippte sie schließlich. Eine dämliche Reaktion auf die gerade erfolgte Offenbarung. Aber das, was sie gerade wirklich wissen wollte. Sie hatte es nie gefragt. Sie wusste, er war älter als sie. Aber eine neunjährige Tochter?

I am 46.

Was? Verdammt, sie kannte ihn gar nicht. Sie träumte den ganzen Tag von ihm, sie flirteten, sprachen über dies und das, was machst du gerade, Abendessen. Aber was wusste sie wirklich? Zwei Namen an der Klingel. Eine Tochter. Neun. Er, 46! Mit 37 Vater, okay. Aber sie, sie war 26. Was dachte sie sich bloß?

Sorry, Darling! I wanted to tell you…

Warum hast du es dann nicht? wollte sie schreien. Aber sie sagte nichts, tippte nichts. Er rief an. Vielleicht hätte er das mal früher machen sollen. 22 Uhr. Seit 20 Uhr tippten sie rum. Schickten sich Herzen. Fotos. Er den Ausblick aus seinem Bürofenster. Sie Körperteile. Sprachen über den Tag, nur so Zeug, jedes Wort golden. Sie ging nicht ran.

Sie fühlte sich, als hätte jemand in die Seifenblase gestochen, die sich gerade erst geformt hatte. Sie hatte sich gefreut wie ein Kind, wollte es einfach nur genießen, ja noch nicht einmal danach greifen. Dann wäre es wenigstens logisch gewesen. Die Blase platzte, wenn man sie fangen wollte. Jeder wusste das. Aber das, das war nicht fair. Und sie hasste Ungerechtigkeit!

Die Wut, die sich in ihrem Bauch ausbreitete, mischte sich schnell mit Scham. Sie war so naiv gewesen. Jede Warnung ihrer inneren Stimme –beiseitegeschoben, immer wieder.

Please say something, schrieb David.

Aber sie wusste nicht, was. Was sollte sie sagen? Minutenlang starrte sie auf ihr Handy, als ob sie so eine Antwort fände.

Please!, schrieb David.

Sorry, tippte sie schließlich*Why didn't you tell me? That's why there is a second name on your doorbell?*

Yes, schrieb David. *She comes visit every weekend. She has her mum's name. Please, let's talk on the phone!*

No. antwortete Frieda. *Not now. I need time.*

Okay, Darling.

*

Am Donnerstag stieg endlich die Party. Frieda hatte wenig Lust, aber sie brauchte die Ablenkung. Plötzlich gab es Druck bei der Arbeit. Sie mussten den Kunden gewinnen, das Angebot verbessern, transparenter sein. Das nächste Mal sollte Frieda eine größere Rolle im Meeting spielen. Vielleicht nur Protokoll schreiben, vielleicht auch ein paar Seiten der Präsentation vorstellen.

Auf einmal war sie verunsichert. Würden sie den Kunden überzeugen? Und konnte sie das, was sie sollte? Erst alles super, jetzt alles so lala. Moritz schien doch noch sauer auf sie zu sein. Und zwischen David und ihr herrschte immer noch Funkstille. In der Bahn nie ein Sitzplatz und die Leute komisch. Verrückte, Obdachlose, Ungeduschte. Auf zehn Normalos zwei, die sicher keine Fahrkarte hatten. Wieso durften die hier fahren? Es ärgerte sie. Ab und zu taten ihr die Leute auch leid. Wie waren sie in diese Situation geraten? Manchmal änderte sich alles so schnell im Leben. Besser nicht urteilen, ohne die ganze Geschichte zu kennen. Genervt war sie trotzdem.

Die Outfit-Suche für die Party war eine Herausforderung. Weiße Sachen, die für eine Abendveranstaltung taugten, hingen nur begrenzt in ihrem Schrank. Schließlich entschied sie sich für weiße Pumps und Jeans, dazu ein silberfarbenes Top, ein weißer Blazer, Silberschmuck und eine silberfarbene Clutch.

Sie traf Gael an der Konstablerwache, wo sie beide umsteigen mussten und gemeinsam weiter zur Alten Oper fuhren. Von dort war es nur ein Katzensprung zum Zenzakan, das schummriges Licht verströmte und bereits von weiß-betuchten Cocktail-Haltern wimmelte. 22 Uhr und full house. Frankfurt an einem Donnerstagabend.

Morgen mussten ja alle malochen. Das Sushi blieb heute links liegen, jetzt ging es nur um Drinks und ums Flirten. Man erkannte ein paar Gesichter von der Gästeliste im Netz. Unverhohlene Blicke bohrten sich in die beiden Neuankömmlinge, die sich am Stehtisch registrieren mussten. Have fun, jauchzte übertrieben freundlich die hübsche Hostess, die ihre Namen in der Gästeliste abhakte. Indisch mokkafarbener Teint, strahlend weißes, gerades Gebiss, volle Lippen und riesige Ohrringe. Dezente House-Musik im Hintergrund, laut genug, um die Gäste in dieses Gefühl sorgloser Gelassenheit süßer, wohlgenutzter Freizeit-Stunden zu versetzen, leise genug, um Unterhaltungen zu ermöglichen, die keiner sich heiser schreienden Stimmen bedurften. Man mochte gleich eintauchen in diese Woge weißer, sanft wippender Leiber, gesprenkelt vom Bunt der Cocktail-Gläser und -Schalen. Schon jetzt war der Arbeitsalltag weit weg, David dagegen noch ganz präsent, aber ein Drink oder zwei dürften auch da Abhilfe schaffen.

Bald hatte die Menge Gael und sie auf dem Weg zur Bar verschlungen. Fünfzehn Euro aufwärts die Cocktails. Happig! Auch Frankfurt am Donnerstagabend. Frieda scannte die Menge. Viele Männer auf der Pirsch. Viele zu alt. David war auch alt. Nein, danke. Ein paar junge, manche zu klein, manche zu dick. Ein paar richtig gut. Die Männer scannten zurück. Der Cocktail unglaublich lecker. Die verstanden ihr Handwerk. Man konnte fast sagen, der Preis sei gerechtfertigt. Fast. Die Musik in den Gliedern, fruchtiger Geschmack im Mund, angenehm beißendes Alkoholgefühl im Rachen, der Blick heißer werdend, die Beine immer lockerer wippend, die Mienen, die Gestik der sich Unterhaltenden immer länger gezogen und alles floss, eins mit dem Rhythmus. Gael sagte ihr etwas ins

Ohr. Was, war belanglos. Man sprach nur so, um nicht verloren auszusehen, wenn das Festhalten am Glas und das Gewippe nicht reichten. Zwei infrage kommende Kandidaten hatte Frieda nun auserkoren. Nicht viel, aber besser als nichts. Gael war nicht auf der Suche, sie hatte einen Freund in Holland und wollte sich nur vergnügen. Sie war eine Schönheit, und die Blicke, die sich auf sie richteten, taten ihr gut unter der Woche, während sie Mirko nicht sah.

Siehst du den mit dem Karohemd? fragte Frieda Gael.

Den mit den schwarzen Locken?

Locken?

Nicht?

Schwarz-weißes Karo.

Ach der. Nicht schlecht. Er guckt zu uns rüber.

Er schaut dich an, Gael.

Oder dich, Frieda.

Gael lachte. Frieda lachte. Sie warfen die Köpfe zurück, entblößten die schlanken weißen Hälse wie Schwäne. Schaut nur, wie schön wir sind. Jung und glücklich. Begehrenswert.

Frieda sah den Karohemd-Mann an. Blaue Augen, die glänzende Botschaften schickten – über Köpfe hinweg, durch weiße Seide und Baumwolle und Polyester hindurch. Schwarzauge schaute zurück. Sehr direkt. Ein Lächeln umspielte elegant geschwungene Lippen. Es wäre interessant, ein paar Worte aus diesem Mund zu hören. Zu sehen, wie er sich dabei bewegte. Der Fremde war allein. Vielleicht hatte sie sein Foto gesehen. Sie war nicht ganz sicher. Er hatte was. Lag vermutlich an den Haaren. Locken und irgendwie doch glatt. Schwer zu beschreiben. Und die Lippen. Auch schwer zu beschreiben. Ein Denker-Typ, der ausstrahlte, noch weitere Qualitäten zu haben. Sie hielt seinem Blick stand, hielt ihn fest, lockte ihn an. Komm mal rüber, sagten ihre Augen. Okay, vielleicht, Süße, sagte sein Schalk. Jetzt musste sie ehrlich lachen. Sie steckte ihn an. Die Musik schwoll an, die Promille wirbelten die Synapsen durcheinander, der Typ bahnte sich langsam einen Weg durch die sich teilende Menge. Wie Moses durchs Meer, schoss es ihr durch den Kopf. Was für ein komischer Gedanke. Ein biblischer Augenblick. Vielleicht der Anfang von etwas ganz Großem. Jedes Mal, jede Begegnung im Leben, konnte der Anfang von etwas ganz Großem sein. Sie war glücklich. Wie sie dieses Spiel liebte. Das ganze Leben war ein Spiel!

Hi.

Hi.

Er lächelte. Sie lächelte. Gael war plötzlich weg.

What's your name?

Hm, ein fremder Fremder. Akzent. Woher?

Frieda.

Beautiful name. I am Tartan.

Tartan?

Yes, that's what my friends call me.

And what's your real name?

Does it matter?

Hm, maybe not.

Frieda lachte. Obwohl sie die Frage doof fand. Fünf Sätze und schon einer, der doof war. Aber wie sich seine Lippen bewegten, war zu spannend.

Where are you from?

Does it matter?

Tartan schien nicht hier aufgewachsen zu sein. Er sprach Englisch, nicht Deutsch. Was war seine Geschichte? Sie würde es herausfinden. Aber zunächst Smalltalk. Gesprächsfetzen. Mehr Cocktails, die auf ihn gingen. Gael war immer noch verschwunden. Weiß und Bunt verschwammen immer mehr.

Tartan war frisch geschieden und mit der Tochter eines der reichsten Männer Istanbuls verheiratet gewesen. Woher er selbst kam, verschwieg er weiterhin. Vielleicht war er gar Deutscher, der sich einen Spaß daraus machte, sich hinter einer fremden Identität zu verstecken. Ja, er und seine Exfrau hatten sich geliebt. Aber nein, sie waren nicht klargekommen mit den Gräben zwischen ihren Welten. Die Familie seiner Frau hatte ihn nie wirklich akzeptiert. Ein einfacher Ingenieur, auch wenn er in London studiert hatte. Weltgewandt, gutes Englisch, gehobenes Türkisch, Französisch, un petit peu. Doch nie genug. Er fragte ein bisschen nach Frieda. Aber viel wollte er nicht wissen.

Sie hörten auf zu reden, ließen sich von der Menge und der Musik einlullen, seine Hände berührten unauffällig ihre Hüfte, begannen sie zu wiegen, eins, zwei, eins, zwei. Ihre Hände am Glas, dann plötzlich um seinen Hals. Ein Halt ersetzt durch den anderen. Blicke, die ineinander versanken, verloren im Moment. Blut, das heiß pulsierte, Atem, der schneller ging, eingebettet ins weiße Meer. Ein Kuss. Süß, feucht, trunken machend. Wie die Cocktails. Seine Zunge, die langsam ihre Mundhöhle erforschte. Langsam, dann drängend. Nach Entdeckung folgte Eroberung. Sie ließ sich erobern. Es war ihr egal. Es war ihr recht. Oder egal. Sie dachte nicht. Sie fühlte nur. So mussten Partys sein.

*

Am folgenden Nachmittag schrieb Tartan ihr.

Hi beautiful. It was nice meeting you yesterday. Are you free this weekend?

Aber sie hatte nicht darauf gewartet, dass er sich meldete. Sie war zufrieden. Es war perfekt. Nur ein Kuss, Nummern austauschen, Gael wiederfinden, nach Hause und beseelt, betrunken, zufrieden einschlafen. David vergessen. Und das Leben weiterleben. Ohne seine Augen. Einfach zur Arbeit, mit den eigenen Augen auf den Main schauen, als die S8 die Brücke überquerte. Die Schiffe bewundern, den Ruderern nachblicken. Trotz Eiseskälte, eins, zwei, eins, zwei. Sie hatte Tartan nicht geantwortet.

David fragte: *How are you?* Auch für ihn die virtuelle kalte Schulter. Es fühlte sich gut an.

*

Am Abend nach getaner Arbeit schrieb Frieda an David: *I don't understand why you didn't tell me earlier.*

Und an Tartan: *Hey. How are you? I am free on Sunday afternoon.*

Heute Abend wollte sie zum Spinning. Danach in die Sauna und dann einfach ausruhen, Proteinshake trinken, Netflixen. Morgen zur Reinigung, Supermarkt, nach Stiefeln suchen bei der italienischen Boutique um die Ecke, die schon den Winter-Sale eingeläutet hatte. Abends dann Essen und Drinks mit Gael, Sonntag früh Yogakurs.

Wanna go to Taunus Therme? I'll pick you up.

Okay, der ging in die Vollen. Erstes Date und gleich in einer Wellness-Oase. Es war klar, wohin das führen sollte. Es störte Frieda kurz, aber irgendwie hatte sie auch Lust. Sonntagnachmittag also. Das Wochenende war voll. Die Nachrichten ebenfalls. Immer mehr von diesem Virus aus Asien. Angeblich gab es nun den ersten Fall in Deutschland. Das sei ja nur eine Frage der Zeit gewesen in dieser globalisierten Welt. Und die WHO hatte die Situation inzwischen als »gesundheitliche Notlage von internationaler Tragweite« eingestuft. Ein merkwürdiges Gefühl beschlich Frieda. Aber sie schob es beiseite. Sie wollte sich das Wochenende nicht verderben lassen.

*

Es war kalt an diesem ersten Februar-Wochenende. Kalt, aber sonnig und Frieda genoss jeden Schritt, jeden Augenblick.

David schrieb: *I was afraid you would not be interested in me anymore.*

Sie wusste nicht, was sie dazu sagen sollte. Sie wollte auch nicht darüber nachdenken. Sie vermisste ihn. Aber wie sollten sie etwas auf einer Lüge aufbauen? Sie hätten eh nichts aufbauen können. Es war von Anfang an nur eine Illusion gewesen. Darüber dachte sie in der Sauna, im Arruci Schuhsalon, im Rewe, in der Bahn zum Restaurant am Samstagabend und im Shavasana am Sonntagmorgen nach. Sie wollte sich nicht den Kopf darüber zerbrechen, tat es aber trotzdem. Und dazu schnappte sie überall Gesprächsfetzen über das Virus auf. Italien rief den Notstand aus. Man solle lieber etwas Abstand halten. Immer Hände waschen, desinfizieren. Irgendwie war nicht klar, wie sich das Virus genau übertrug. Aber jetzt musste sie erst einmal ihre Tasche für die Therme packen. Handtuch, Badeschlappen, Kamm.

*

Tartan holte sie ab. Er fuhr einen schicken Schlitten. Irgendeine dunkle Limousine. Frieda stieg ein, er lehnte sich rüber und gab ihr einen Kuss auf den Mund.

How are you, beautiful?

Good, how are you?

How was your weekend?

Sie plauderten ein bisschen über dies und das. Er erzählte, dass er jedes Wochenende in die Therme ging, seit er in Frankfurt wohnte. Er sagte, er sei aus Istanbul quasi weggerannt. Der Schande der Scheidung und der Familie seiner Ex entflohen, die allgegenwärtig war in Istanbul. Hier kannte ihn niemand, hier war er unbehelligt und frei. Aber auch allein. Es war ihm recht. Frieda beschlich das Gefühl, dass er wohl nicht auf der Suche nach etwas Festem war. Die Wahl des Dates, seine Erzählungen, seine anzügliche, gleichzeitig kühle Art. Sie fand ihn spannend, fragte sich aber mit jedem Kilometer mehr, was sie hier eigentlich tat.

*

Tartan zahlte nicht den Eintritt für sie, was Frieda erwartet hatte. Achtzehn Euro für zwei Stunden. Ein teures Date! In der Umkleidekabine war ihre Laune auf dem Tiefpunkt. Ziemlich dumme Aktion von ihr. Doch die nächsten zwei Stunden waren schön. Richtig schön. Sie probierten verschiedene Saunen. Er betrachtete sie unter der Dusche, allerdings vorsichtig unauffällig, wie man es anstandshalber in so einem Umfeld tat. Sie fühlte sich wohl, meistens jedenfalls. Sie lagen im Bademantel eingemummelt auf den Liegen am Wasser und im asiatischen Garten. Sie tranken Fruchtsäfte und Tee. Sie sprachen wenig, doch wenn, dann von ihm. Es fiel Frieda nicht auf, aber später dachte sie daran. Er hatte nichts von ihr wissen wollen. Er war mit sich selbst beschäftigt, sie war sein Kummerkasten. Und schließlich gingen sie, die Zeit war um.

Frieda öffnete die Tür einer Umkleidekabine. Wie in den Hallenbädern ihrer Kindheit. Eine Tür rein, eine Tür raus. Sie ging hinein, wollte den Riegel vorschieben, plötzlich war Tartan auch drin. Er drängte sich an sie, die Kabine nur einen Quadratmeter groß. Er zog ihr das Handtuch herunter und drang im Stehen von hinten an sie und sofort in sie ein. Sie wollte ihn wegstoßen, aber wohin? Er hielt ihr den Mund zu. Sie hätte doch eh nichts gesagt. *Eins, zwei, eins, zwei.* Sie dachte an die Party. Und an die Ruderer auf dem Main. Er bewegte sich gleichmäßig und schnell war alles vorbei. Ohne ein Wort stahl er sich raus. Sie nahm das Handtuch, um sich abzutrocknen. Zog sich an. Tat draußen, als ob nichts gewesen sei. Er auch, sah sie nicht an. Sie fuhren zurück, redeten kaum. *Eins, zwei, eins, zwei.* Sie schaute nach draußen in den Himmel. Ein paar Wolken waren zu sehen, vielleicht kam bald Regen. Stieg aus ohne Kuss. Bye, thank you. Tür zu.

In der Wohnung packte sie die Tasche aus, hängte die nassen Sachen auf. *Eins, zwei, eins, zwei.* Das Wochenende war fast um. Was sollte sie zu Abend essen? *Eins, zwei, eins, zwei.* Die Nachrichten an. Das Virus. Italien. Schnell wieder aus. Jetzt regnete es. Und ihre Wange wurde nass …

*

Montagmorgen. Frieda wollte nicht zur Arbeit. Und ging nicht hin. Schrieb eine Mail und meldete sich krank. Kurz danach eine Antwort von Dean: *Gute Besserung!* Es war erstaunlich einfach. Sie hatte sich noch nie krankgemeldet. Sie drehte sich um und dachte darüber nach, was sie eigentlich hätte tun müssen, wenn sie ins Büro gegangen wäre. Das regte sie auf. Verursachte ihr Magenschmerzen. Sie mussten doch den Kunden an Land ziehen. Sie hatten eine Deadline für die neue Präsentation, die das letzte Angebot noch einmal verbessern sollte. Sie wollten es nicht einfach kommentarlos rüberschicken. Sie würden wieder hinfliegen. Aber vorher musste die Präsentation perfekt und von allen abgesegnet werden. Also Rückwärtsplanung. Wann musste sie bei wem auf dem Tisch liegen, dann genug Zeit einplanen für die Feedbackschleife, Einarbeitung der Änderungen. Dann wieder alles von vorn. Die Zeit lief ihnen davon. Der Knoten im Magen wuchs. Und von Dean nur: *Gute Besserung.*

Eins, zwei, eins, zwei.

Den ganzen Vormittag wand sie sich im Bett, der Schmerz irgendwann fast krampfartig. Vielleicht hätte sie einfach hingehen und alles abarbeiten sollen. Vielleicht hätte sie sich so besser gefühlt. Sie dachte an damals nach ihrer Panikattacke in Köln. Sie fühlte sich anders, aber eines war ähnlich: Sie fühlte sich krank. Und sie brauchte Hilfe. Irgendwie hätte sie gern Marie oder Lisa kontaktiert, ihre besten Freundinnen aus Kindheitstagen. Aber Marie arbeitete als Ärztin im Krankenhaus, sie war sicher beschäftigt. Lisa war beim Arbeitsamt tätig und hatte sicher auch besseres zu tun, als Frieda an einem Montag während der Arbeitszeit zuzuhören.

Also schrieb sie Gael. *Ich muss dich sehen.*

Gael war selbstständig und antwortete schnell. 15 Uhr, Glauburg-Café?

Frieda atmete auf. Sie musste reden. *Eins, zwei. Eins, zwei.* Verdammt! Sie stand auf, der Kreislauf schwach. Noch nichts gegessen. Sie machte sich ein Spiegelei, sunny side up. Dazu etwas O-Saft. Sie würde einfach etwas zu Hause arbeiten, bis sie Gael traf, fuhr den Laptop hoch, modifizierte ein paar Seiten der Präsentation, fühlte sich besser. Fragte sich, ob es normal war, sich so zu fühlen. Wie sollte man sich fühlen nach so was? Was war überhaupt mit ihr passiert?

*

Fünfzehn Uhr rückte näher. Frieda zog Wollstrumpfhosen, hohe Stiefel und ein kurzes Kleid an, trug Mascara und Rouge auf, warf die kleine Kate-Spade-Cross-Body-Tasche über die Schulter, einen dicken Cardigan und Wollschal über und lief die paar Meter von der Wohnung bis zum Café. Gael war noch nicht da. Frieda wählte einen Tisch möglichst weit hinten in der Ecke, grüner Oma-Sessel zum Drinversinken und Sichverstecken. Gael kam.

Was gibt's?

Frieda wusste nicht, wie sie es erklären sollte.

Fang einfach von vorn an, ermutigte sie Gael.

Als sie geendet hatte, war Frieda erstaunlich ruhig. Sie hatte nicht gewusst, wie sie reagieren würde, wenn sie an der entsprechenden Stelle der Geschichte ankommen würde. Ob sie weinen würde, straucheln, schlucken. Aber sie war ganz ruhig. Sie erzählte es wie etwas, das jemand anderem passiert war.

Du musst ihn anzeigen, sagte Gael.

Quatsch! rief Frieda. Ich kenne nicht mal seinen richtigen Namen. Und ich habe mich ja nicht mal richtig gewehrt, ich habe nicht Nein gesagt oder geschrien. Das ist nicht der Punkt. Der Punkt ist: Jetzt steh ich wieder ohne da.

Bist du verrückt? fragte Gael und riss die Augen auf.

Ich brauch einen Typen.

Wieso das denn? Wieso definierst du dich über einen Typen?

Ich bin 26, Gael. Ich will 'nen Freund. In dem Alter sind andere schon verheiratet.

So'n Quatsch, Frieda. Du musst aufhören, dich und deine Stimmung von anderen abhängig zu machen. Du lässt die Männer zu sehr bestimmen, was in deinem Leben passiert, wie du dich fühlst. Relax, genieß dein Leben. Und sei wählerischer. Nimm nicht jedes Angebot an.

Willst du sagen, dass ich selbst schuld bin? Irgendwie denk ich das ja selbst schon. Ich mein, ich bin zwei Stunden nackt vor ihm rumgelaufen.

Frieda. Bitte. Hör auf. Sofort. Natürlich bist du nicht selbst schuld. Nichts, nichts, nichts gibt einem Typen das Recht, DAS zu tun, wenn du nicht willst. Egal, was du vorher für Zeichen gegeben hast. Das Einzige, was ich sagen möchte, ist: Wenn du schon das Gefühl hast, dass bei 'nem Typen oder einem Date was nicht stimmt, lass es sein.

Frieda seufzte. War das wirklich der Punkt? Waren die Ruderer in ihrem Kopf weg? Auf jeden Fall hatte Gael recht. Sie war abhängig von dem Gefühl, gewollt zu werden. Begehrenswert zu sein. Den Job hatte sie. Die Handtaschen hatte sie. Aber der Freund an ihrer Seite fehlte. Aber nur weil Gael recht hatte, machte es Frieda und ihren Kopf nicht frei.

KAPITEL 4

Anfang Februar 2020
IF ONLY YOU SET YOUR MIND ON IT

Hongkong

Erst sah Frieda schwarz. Dann einen roten Punkt. Und einen gelben. Blaues Licht von der Seite. Der Fernseher, der Wecker, die Klimaanlage. Diese Vorhänge wussten wirklich, einen Raum abzudunkeln. Als sie aufstand und sie aufzog, sah sie ein Meer von schlanken, hohen Türmen, die wie Bleistifte in die Erde gerammt schienen, einer dicht neben dem anderen, ein Wald von Bleistiften an üppig grünen, überwuchernden Hängen und dahinter das Glitzern des Meeres.

Hongkong.

Spontan hatte Dean sie nach Asien geschickt, um zwei potenzielle Kunden zu treffen. Erst Hongkong, dann Singapur. Es gab schon Fälle der Viruskrankheit hier wie dort, niemand anderes hatte fliegen wollen. Frieda hatte keine Angst. Sie wollte das Abenteuer und die Abwechslung. Es gab Gerüchte, dass Hongkong seine Grenzen schließen könnte, auch Singapur ließ Reisende aus bestimmten chinesischen Städten nicht mehr ins Land. Es war ihre Chance.

Sie war durch die Nacht geflogen, direkt zum Meeting gefahren, dann ins Hotel, kurzer Powernap. Jetzt war die Zeit, *ihre* Zeit, die Stadt zu erobern.

Hongkong war ein Sehnsuchtsort. Grün und blau, Stadt und Natur, so eng verwoben, kein Platz für die Frage, wo die eine aufhörte und die andere anfing. Frieda schlenderte durch die engen Straßen, stieg Treppen hoch und schwebte auf elektrischen Rollbändern durch Soho, trank Bubble Tea und fuhr mit dem Cable Car auf den Victoria Peak, lief auf dem schmalen Pfad um den Gipfel herum, hielt den Atem an ob des Bleistiftmeeres, das sich in die Bucht ergoss, ob der Armadas von Containerschiffen bis zum Horizont, ob der wilden Farne, ob des dichten Urwaldgrüns. Ein paar Jogger, ein paar Wanderer, mitten in einem Ameisenhaufen und doch ganz ruhig, beseelt in der Natur. Auf dem Gipfel, geerdet. Ein Sehnsuchtsort, der Victoria Peak. Sie atmete tief, schloss die Augen, schlug sie auf, sog es ein, all die Hügel, all die Wolken, all die Farben.

Heute Abend dann schon Singapur. Das war ihr Leben. Das war es, was ihr Herz antrieb, ihr Blut in Wallung brachte. Unterwegs sein und sich bewegen. Etwas tun, so viel sehen. Die Welt kennen, sie verstehen. Alles greifen und begreifen. Mit beiden Händen alles packen, mit allen Sinnen alles einnehmen.

Dann die Schmetterlinge, die im Magen flatterten, als es Zeit war, Richtung Flughafen zu fahren. Die Aufregung, alles zu finden, nichts zu verpassen. Die

Gondel zurück in die Stadt, die Bahn zum Hotel, den Bus zum Terminal. Keine Zeit für Essen verschwendet, am Flughafen schnell noch ein Snack und Boarding nach Singapur. Viele Menschen mit Masken. Manche mit Plastikhandschuhen. Asien pur.

Singapur

In Singapur hatte Frieda sich für eine Party registriert. So was wie die All White Party in Frankfurt. Es gab sie in Frankfurt, Tokio, Berlin und New York. In Kapstadt, Madrid, Hongkong und Sydney. Global. International. Wo Geld und Welt zusammentrafen, da gab es diese Partys. Sie war müde, als sie im Hotel ankam. Der Tag steckte ihr in den Knochen und in den Füßen. Aber es war warm hier, tropisch, aus dem Hotelfenster sah sie in den funkelnden, von kleinen Lichtern angestrahlten, satten Garten-Dschungel. Sie wollte ihr Cocktailkleid tragen, die High Heels anziehen und lange, baumelnde Ohrringe, wie die Inderin an der Rezeption im Zenzakan sie getragen hatte. Sie wollte im Taxi sitzen und zu dem anderen Hotel fahren, in dessen Ballroom die Party stieg. Der Jetlag gab ihr Auftrieb, die Wärme lockte sie, die Lichter erzählten von Freuden, die auf sie warteten. Sie ging hin.

*

Alles war prächtig. Der Saal riesig und luxuriös, Sekt-flöten zu Pyramiden gestapelt, Blattgold an weißen Marmorsäulen, Menschen, einer schöner als der andere. Die Flügeltüren offen zum Garten, auch dieser strotzend von dickem Blattwerk, funkelnd türkis-hellblau erleuchtet der Pool. Menschen im Pool, bunte Bikinis, angestrahlt pink, gelb, orange auch die Blumen dahinter. Sie kannte niemanden. Suchte ein Glas und fand erste Gesprächspartner. Ein paar Frauen machten Bilder vor den Glas-Pyramiden, warfen die Hände über die Köpfe, hielten sie mit dem Handrücken nach oben unters Kinn, schickten Luftküsse in die Kameras. Sie lachten ehrlich und laut, sprachen Frieda an und fragten: Where you're from?

Schnell war sie mittendrin, tanzte mit, saß am Poolrand, ließ die Beine im Wasser baumeln, war betrunken, hörte Geschichten und Lebensgeschichten. Nicht nur Bänker, Programmierer und Manager waren hier, auch Journalisten, Künstler und Lebenskünstler. Mit ihrer Inspiration schmückten sie den Garten wie Farbtupfer.

Write us when you come to Singapore next time, sagten die Frauen zum Abschied. Man gab sich Küsschen rechts, links. Im Taxi zurück reichte der Fahrer ihr wortlos eine Maske. Was für eine Welt. Was für ein Tag. Little did she know that next time would never come.

Im Hotelbett war Frieda wieder online.

I know I messed up. I am sorry, schrieb David.

It's okay, antwortete Frieda.

Ich vermisse dich, schrieb Gérôme.

Ich hoffe, es geht dir gut, erwiderte sie und meinte: Es ist aus. Ich dich nicht!

I know you can achieve anything, schrieb David. *If only you set your mind on it.*

Hi, textete ihr ein gewisser Felipe.

Der Fernseher lief. Hongkong würde ab dem 5. Februar seine Grenzen schließen.

Und so, einfach so, begann der Rest ihres Lebens.

Frankfurt

Die Ereignisse überschlugen sich. Am nächsten Tag traf Frieda die Kunden am Flughafen. Fast alle Menschen trugen Maske. Die Nachrichten waren voll von Schreckensmeldungen über das Virus, das noch immer niemand so richtig zu verstehen schien. Es gab mehr Fragen als Antworten, aber die Welt brauchte Antworten, viele davon. Ein allgemeines Gefühl der Dringlichkeit und Gefahr lag in der Luft. Es mischte sich mit Friedas Aufregung über die Reise, die Meetings, die Party und die Nachrichten alter und neuer Verehrer. Jede Faser ihres Körpers war angespannt, der Blick stechend, jedes Detail wahrnehmend, das Blut pochend, der Atem gleichmäßig und zügig, der Schritt eine Spur schneller als nötig. Keine Zeit zum Schlendern in dieser Notlage von internationaler Tragweite.

Die Masken fand sie irgendwie übertrieben. Aber sie verstärkten das Gefühl, dass etwas los war, man mittendrin war, Teil eines historischen Vorgangs.

*

Zurück in Frankfurt, fuhr Frieda vom Flughafen direkt ins Büro, sie wollte das Feuer nutzen, das in ihr brannte, von den Meetings berichten, Protokolle erstellen, weiterarbeiten. Sie war dankbar für die Chance und den Vertrauensvorschuss, die sie erhalten hatte, und fest entschlossen, sich deren würdig zu erweisen.

Die Männer konnten warten. Sie hatte weder David noch diesem Felipe geantwortet. Aber der Satz von David blieb ihr im Kopf. Er hatte diese Gabe. Er sagte etwas, und es blieb hängen, hatte mehr Gewicht, als wenn irgendjemand anderes es gesagt oder sie es in einem Magazin gelesen hätte. Begleitete sie Tag und Nacht, definierte ihre Gedanken und Taten. Sie wurde getragen von den Winden des Auftriebs, den die Reise ausgelöst hatte und der von Davids Satz auch Tage später am Leben erhalten wurde. Ein Gefühl der Unbesiegbarkeit hatte Besitz von ihr ergriffen. Sie brauchte kaum Schlaf. Essen und Trinken waren entweder nur eine kurze, lebenserhaltende Notwendigkeit oder eine willkommene Gelegenheit, sich mit anderen auszutauschen. Ihr Energielevel war auf dem Höchststand. Man hätte ihr jedes Ziel vorgeben können, sie würde es erreichen. *If only you set your mind on it*!

Und dann war da Felipe. Am Gate aufs Boarding wartend, hatte sie sein Profil betrachtet. Er war auf der All White Party gewesen oder zumindest als Gast registriert. Sie hatte ihn nicht bemerkt. Brasilianer, dreißig Jahre jung, Hände in den Hosentaschen, kühles Lächeln, schlank und groß.

Schönes Profilbild, schrieb er.

Danke, deins aber auch, erwiderte sie mit Zwinker-Smiley.

Danke! Zwinker-Smiley. *Lebst du schon lang hier in Frankfurt?*

Nein, erst ein paar Monate. Ich habe hier meinen ersten Job nach der Uni angefangen. Und du?

Seit 2,5 Jahren. Aber ich lerne die Stadt immer noch kennen.

Cool, du kannst mir ein paar deiner Lieblingsecken zeigen. Oder wir entdecken gemeinsam was Neues.

Der Auftrieb hatte nicht nachgelassen. Sie wagte, sich aus dem Fenster zu lehnen. Die Winde würden sie tragen. Und sie würde nicht fallen.

Felipe biss an.

Oh, gern. Es wäre mir eine Freude!

Frieda lachte. Wer schrieb so etwas heute denn noch? *Es wäre mir eine Freude.* Es gefiel ihr. Es war ein schöner Gedanke. Jemandem eine Freude machen, einfach weil man sich traf.

*

Felipe und Frieda vereinbarten ein Treffen am kommenden Wochenende. Es war kalt, aber Felipe bestand auf einem Spaziergang. Sie trafen sich an einer Ecke im Westend. Ein Bistro mit roter Markise. Und er am silbernen Herrenrad lehnend. Er sah gut aus. Lächelte scheu. Kein Typ, der auf jeden zuging.

Hi! rief Frieda und lächelte breit. Besser keine Umarmung, ich war gerade in Asien.

Felipe lachte. Dann besser nicht, sagte er mit leichtem Akzent.

Wo magst du hin?

Keine Ahnung, ich dachte, du zeigst mir was, antwortete sie.

Ah, ich mag die ganze Ecke hier. Lass uns einfach ein bisschen laufen.

Er schob sein Rad neben sich, sie wechselten ins Englische und kamen ins Plaudern. Vom Studium, der Arbeit, Reisen, Brasilien. Sie sprachen von diesem und redeten von jenem, schlenderten langsam um die Blöcke des Viertels, vorbei an Gründerzeit-Villen und kleinen Cafés, in denen teuer aussehende Menschen teuer aussehenden Kaffee tranken. Friedas und Felipes Atem kräuselte sich vor ihren Mündern in der kalten Februarluft. Die Lippen trocken von all den Erzählungen. Hervorgehoben die schillernden Taten, untermalt, unterstrichen Momente des Glanzes. Verschwiegen die Tiefe der Seele, es lebte zwischen ihnen die Leichtigkeit des Seins. Die Stunden verflogen.

Mir ist kalt, sagte sie.

Ich muss gehen, gab er zurück.

So gemütlich hatten die Lichter der Cafés sie gelockt, so warm schienen die Kissen und Stühle und Tassen durchs Fenster. Das Rad zwischen ihnen, beugte er sich rüber. Ein Wangenkuss. Hat mich gefreut, sagte er. Ein Blick in die Augen, etwas lang, etwas tief.

Tausend Worte in ihren Gedanken. Mich auch, antwortete sie.

Flugs war er fort, auf dem Rad weggefahren, so unvermittelt, mitten in ihrem Gespräch. Ihr Samstag, auch der in der Mitte zerteilt. Nun blieb nur heimgehen, Haushalt und einkaufen. Was war das gerade gewesen? Felipe und Frieda? Felipe und sie.

*

Regen begann sich vom Himmel zu lösen, prasselte plötzlich wütend auf den Asphalt. Als wolle er sagen: Geht nach Hause, hier draußen gibt es nichts für euch. Frieda drückte sich an den Hauswänden entlang wie die anderen Leute. Jeder in sich versunken, nur weg, irgendwohin, wo es besser sein könnte.

Innerlich war sie ruhig. Fühlte Frieden. Zum ersten Mal seit Tagen. So viel los, so viel in Bewegung. So viel Unruhe und Unsicherheit. Doch in ihr war die Antwort. *If only you set your mind on it.* Felipe war *it.* Auf ihn würde sie ihre Gedanken ausrichten. Sie wusste nicht viel über ihn, aber es reichte. Er hatte ein geheimnisvolles, tiefschönes Lächeln. Bezüglich der Dinge, die sie besprochen hatte, schien er immer klar Stellung zu beziehen, hatte teilweise harte Standpunkte, war niemals neutral. Das gefiel ihr, fühlte sie sich selbst doch manchmal wie ein Fähnchen im Wind, überfordert von all den Ansichten, Informationen und Behauptungen der angeblich Klugen in dieser Welt, oft verunsichert in ihrer eigenen Meinungsbildung. Er konnte ein Fels in der Brandung sein. Er war Surfer und kannte sich mit hohem Wellengang aus. Sie hatte ein Ziel und er war der Mittelpunkt. David hatte sie freigelassen und neu aufgegleist, Tartan sie gelehrt, den Spieß umzudrehen. Sie entschied, wen sie wollte und wer sie wollen sollte. Und es war Felipe. Sie würde die Dinge in die Hand nehmen. Und sie würde Erfolg haben.

*

Wenige Tage später trafen Frieda und Felipe sich wieder. Das Virus hatte jetzt einen Namen. Covid hier, Covid da. Kein Schritt ohne den Klang im Ohr, die unbekannte Gefahr im Nacken, die Fragezeichen, die von A nach B schwirrten wie das Virus selbst, sich in der Bewegung immer weiter vermehrend. Im Caffuchico im Nordend war die Welt noch in Ordnung. Bunt gehäkelte Deckchen zierten die Mitte der runden Tische, Bananen hingen in Stauden von der Decke, hinter Türmen von gelben und grünen Kaffeetassen verbarg sich die kleine Küche, in der Pão de Queijo,

Acai und Feijão zubereitet wurden. Ein winziges Stückchen Brasilien an einem unwahrscheinlichen Ort.

Eine weitere Ecke, die ich mag, sagte Felipe.

Richtig schön. Frieda lächelte.

Er erwiderte ihr Lächeln. Ein bisschen Heimat, weißt du.

Ja, sagte sie, wusste aber nichts. Nie war sie so lange der Heimat ferngeblieben. Ein Käsebrot hatte sie mal vermisst. Richtiges Schwarzbrot mit frischer Kruste zum Reinbeißen und grauer, weicher Mitte zum Draufschmieren von Butter. Den Wald, frischen Tannenduft. Die Schokolade von Aldi und mehr auch schon nicht. Sie mochte sehr viel. Äppler und grüne Soße, Nürnberger Würstchen, das Klavier in ihrem Elternhaus, ihren Kleiderschrank, ihre Tagebücher und Reiseandenken. Sie mochte den Baum vor ihrem Küchenbalkon und die Aussicht aus ihrem alten Kinderzimmer auf die hohen Gipfel am Waldrand, die sich bei Wind sacht bewegten und bei Sturm wild wütend um sich schlugen. Sie liebte Spaziergänge am Main, Kirchen, Schlösser und Burgen. Federweißer und Zwiebelkuchen, einen Tag im Rheingau bei Sonnenschein. Aber sie kam auch gut ohne all das aus, passte sich ihrer Umgebung an wie ein Chamäleon, nicht nur aus Überlebensinstinkt, sondern ganz selbstverständlich. Sie liebte, was sie umgab. Genoss die Vorzüge jeder Landschaft, jeder Regionalküche, jeder Wohnsituation.

Ein bisschen Heimat, sagte Felipe. Was heißt das für dich? dachte sie. Das hätte sie fragen sollen. Nicht Ja sagen sollen, ich weiß, was du meinst. Warum sagte man Ja, nur um einander vorzumachen, verstanden zu haben? Warum fragte man nicht, war ganz ehrlich? Nein, weiß ich nicht, erklär's mir, das interessiert mich doch sehr.

Sie wollte gefallen. Gab Antworten, von denen sie glaubte, er wolle sie hören. Sah an dem Lächeln, dass sie gut abschnitt, verstand, was ihn beeindruckte. Sport? Liebe ich, klar! Familie? Ganz wichtig, total. War es ein Kaffeeplausch oder ein Interview? In jedem Fall war sie wichtig, diese Runde Nummer zwei. Er fragte sie viel, und sie lernten sich kennen – auf diese tiefergehende und doch oberflächliche Art. Er Surfer aus Rio, sie Mädel aus dem Spessart. Er nonchalant, frei wirkend, ohne Ziel oder Plan, sie versuchend, locker zu wirken, doch immer die Absicht im Kopf, niemals ohne Sinn oder Zweck. Er eine Herausforderung für sie, sie faszinierend für ihn. Und so tranken sie aus kleinen Tassen Kaffee und aßen teure Käsebällchen, sahen sich tief in die Augen und schlenderten anschließend gemeinsam zu ihr. Er wieder sein Fahrrad schiebend, sie von der Seite zu ihm hoch lächelnd, ohne Worte eine Einladung aussprechend.

Sie standen vor ihrer Wohnung, er sah sie sehnsüchtig an. Willst du mit hoch? fragte sie. Ein kurzes Zögern von ihm. Hatte sie sich das eingebildet? Konnte es sein? Doch dann lächelt er wieder, sein kurzes, in sich zurückgezogenes Lächeln, mehr Andeutung als Aussage. Er kam mit hoch, schaute sich ohne erkennbares Interesse um, schlug vor, etwas Musik zu hören.

Magst du Musik?

Natürlich, total!

Kennst du Lundu?

Ja, ich glaub schon.

Kannst du Lundu tanzen?

Ich bin nicht sicher.

Ihr Herz schlug unangenehm schnell in der Brust. Ein nasser Film bildete sich auf ihrer Handinnenfläche. Sie konnte ein bisschen tanzen. Hatte Kurse gemacht: klassisch, Latein, aber lang war es her. Salsa, an der Uni, das war frischer. Aber sich führen zu lassen war ein Problem. Sich hingeben und die Kontrolle abgeben nicht ihr Ding. Einen Tanz, den sie nicht kannte, tanzen, das war theoretisch möglich. Wenn man folgte, in den Rhythmus hineinfloss, losließ und eins wurde. Ihr Auftrieb war weg. Nichts hielt sie oben. Ganz nackt war der Boden der Tatsachen, auf dem sie sich wiederfand.

Felipe suchte nach einem Song auf dem Handy.

Willst du was trinken?

Nein, danke.

Musik setzte ein. Er streckt die Hand aus. Sie reicht ihm ihre, schweißnass und kalt. Er zog sie zu sich. Unvermittelt und schnell. Ohne Zögern diesmal. Ohne Annäherung. Einfach hin zu ihm, schrecklich und nah. Sein Kinn auf ihrem Kopf. Sie roch ihn, sein

Aftershave. Er duftete teuer und gut. Er sog den Duft ihres Shampoos ein. Sie spürte es. Kokos, dachte sie.

Sanft und doch nachdrücklich führte er sie. Sie angespannt, unsicher und dennoch im Fluss. Die Musik drang ins Blut, pulsierte mit durch die Adern, schwang in den Knochen, ließ die Muskeln agieren. Die Glieder antworteten, zögerlich erst, dann wie von selbst. Sie schmiegte sich an ihn. Sein Körper war hart, verschmolz nicht mit ihrem wie bei David, eng umschlungen, doch sie wurden nicht eins. Nur ein paar Takte, und schon schob er sie von sich, küsste sie kurz. Schaute sie nicht an, zog sie mit sich ins Schlafzimmer. Alles ging viel zu schnell. Plötzlich waren sie beide nackt. Sie stand an der Bettecke, er drang in sie ein. Keine Zärtlichkeit, nur harter Sex. Stöhnend kam er und zog sich gleich darauf an. Er lächelte. Es war schön, sagt er, danke. Und nahm sie endlich in den Arm. Frieda wusste nicht, wie ihr geschah. Das war nicht die Romantik, die sie erwartet hatte. Es war schön, danke, traf es ganz gut. Es war heiß, schnell und wie Feuer. Gefährlich und prasselnd und auch leicht erstickt. Die Umarmung tat gut.

Das war nicht Tartan, doch auch nicht David und schon gar nicht Gérôme. Das war Felipe und Felipe war it.

KAPITEL 5

Mitte Februar 2020
FORCE MAJEURE

Frankfurt

Frieda stand am Küchenfenster, das auf den Balkon hinausging, und trank Tee. Zen again, stand auf der Packung. Ein Versprechen: Ruhe, Balance, Ausgleich und Frieden. Frei von Sorgen, Fragen, dem inneren Aufruhr, den äußeren Geschehnissen. Da draußen stand fest der Baum, unbeeindruckt verwurzelt, kahl noch der Wipfel, doch nicht klagend, geduldig, seine Zeit würde kommen, kam immer, er gedieh und er starb, ruhte aus, erwachte wieder. Egal ob Krieg oder Frieden, Hunger oder Wohlstand, Krisen oder Alltag, er hatte es alles gesehen, nichts hielt ihn ab, zu tun, wozu er entstanden war. In schöner Regelmäßigkeit, in gleichmütiger Anmut. So viel passierte dahinter, hinter den Ästen, der Straße, nächsten Häuserreihe, der Stadt, dem Flughafen, der Welt.

So viel war über Frieda hereingebrochen und wort-wörtlich in sie eingedrungen. Sie schwebte nicht mehr, war nicht mehr unbesiegbar. Hielt sich fest an der wärmenden Tasse, fragte sich einfach mal nichts. Spürte nur in sich hinein, ihr Atem ging ruhig. Der

Tee konnte keine Versprechen halten, eigentlich nicht einmal geben, aber ihr Atem konnte sie erden. Wenn sie nicht flog, musste sie landen, sicher und fest auf der Erde stehen, die Füße grade und stark, die Zehen in den Boden fließend wie Wurzeln. Doch der Tee war schon leer und sie blickte ratlos. Sah den Tassenboden an, fragte sich, ob sie noch einmal Wasser kochen sollte, verwarf den Gedanken und ging rüber zum Bett. Sie war verwirrt, ernsthaft verwirrt. Es hatte ihr nicht gefallen. Und doch wollte sie ihn. Wollte ihn für sich gewinnen. Wollte ihn wollen. Sollte sie ihn wollen?

Schon das erste Treffen, so schön es gewesen war, so wenig beschaulich, so abrupt hatte es geendet. Und doch hatte sie beschlossen, ihn wollen zu wollen. Warum? Weil es eine Herausforderung war? Weil es nicht unmöglich, aber auch nicht zu einfach war? Vielleicht. Es wäre zumindest ganz typisch für sie. Niemals den Weg des geringsten Widerstandes, aber einen gehen, der es wert war. War Felipe es wert? Sie wusste es nicht. Etwas war da. Eine Melancholie in ihm, eine Sehnsucht, die sie verstand und verband. Sie wollte es wagen, die Vernunft mochte anderes sagen und ihr Körper, unverstanden und benutzt, ebenso. Doch ihr Herz sagte »Ja«. Nicht verliebt, noch nicht, nein. Aber verbunden in etwas Tiefergehendem und gleichzeitig entzweit durch das Fremde. So sollte es sein.

*

Das Virus leistete derweil ganze Arbeit. In Frankreich war der erste Mensch außerhalb Asiens an Covid gestorben. In Norditalien breiteten sich die Krankheit, der Tod und die Panik immer weiter aus. Kulturelle Veranstaltungen wurden abgesagt und sogar Schulen geschlossen. Im Büro wurde heiß diskutiert. Wie es weitergehen, wo das alles hinführen sollte und vor allem wie es das Geschäft beeinflussen würde. In der Luftfahrt-Branche ging die Angst um. Das Virus flog mit, wurde von Geschäftsreisenden und Touristen von einem Land ins andere, von einem Kontinent zum nächsten getragen. Es war nur eine Frage der Zeit, bis noch mehr Länder ihre Grenzen schließen oder zumindest strenger kontrollieren und Reisende ihre Pläne überdenken würden. Schon jetzt gab es erste Stornierungen und die Vorausbuchungen brachen ein. Familien waren verunsichert und warteten lieber noch mit der Buchung des Sommerurlaubs. Meetings, die nicht unabdingbar waren, wurden verschoben. Manch Manager überlegte, ob er einem Video-Call nicht doch noch einmal eine Chance geben sollte, trotz all der üblichen technischen Schwierigkeiten und Unannehmlichkeiten. Noch schien Friedas Firma nicht betroffen zu sein. Der Cargo-Transport brummte weiterhin, keine Lieferung von Medikamenten, Luxusautos oder Micro-Chips konnte durch Covid aufgehalten werden. Cargo wurde nicht krank und Cargo konnte das Virus nicht weitergeben. Das Problem waren die Menschen. Das Problem waren wie immer die Menschen. Während man bei der Lufthansa und anderen Firmen begann, über Kurzarbeit nachzudenken, fühlten sie sich einigermaßen sicher.

Frieda war aufgewühlt und abgelenkt von den Nachrichten, von der Arbeit. Doch jeden Tag starrte sie aufs Handy, ob Felipe wohl schrieb. Der News Feed explodierte und Felipe schwieg.

Doch dann kam der Tag, an dem Dean in ihr Büro, das sie sich mit ihrem Marketing-Kollegen Alex teilte, trat. Ernster Gesichtsausdruck, auf dem Kugelschreiber kauend, wie immer, wenn ihm etwas unangenehm war.

Frieda, kann ich dich mal eben sprechen?

Klar.

Gern hätte sie gefragt, was er auf dem Herzen habe, aber Deans Auftritt, seine Haltung und leise, besorgte Stimme sagten ihr, dass sie besser abwarten sollte. Gemeinsam gingen sie in sein Büro und er schloss die Tür hinter ihnen.

Setz dich.

Frieda setzte sich. Ihr Mund fühlte sich trocken an. Sie hätte gern ein Glas Wasser gehabt. Sie wollte jetzt fragen, was los sei, aber es kam kein Ton über ihre Lippen.

Dean lehnte sich etwas nach vorn und stütze sich mit den Ellbogen auf der Schreibtischplatte ab.

Also, warum ich mit dir sprechen möchte, begann Dean umständlich. Covid beeinflusst zwar bisher das Cargo-Geschäft nicht negativ, aber unsere Kunden sind nun mal Fluggesellschaften. Und denen geht es im Moment nicht gut, sie sind verunsichert. Keine gute Zeit für Outsourcing-Entscheidungen.

Hm, machte Frieda. Langsam schwante ihr, worauf das hinauslaufen würde. Sie begann zu schwitzen, obwohl Deans Büro nicht geheizt war.

Die meisten Kunden, bei denen wir gerade einen Lead verfolgen, stoppen die Ausschreibungen. Das heißt, im Moment gibt es keine Angebote vorzubereiten, anzupassen oder Kunden zu treffen. Das heißt nicht, dass sich das nicht schnell wieder ändern wird. Aber im Moment gibt es zu wenig zu tun im Sales Bereich, wir müssen Kurzarbeit anmelden.

Frieda nickte. Sie hatte es nicht erwartet, aber seit sie hier saß, durchaus geahnt. Kurzarbeit. Sie hatte doch gerade erst angefangen! Was sie brauchte, war Langarbeit, nicht Kurzarbeit! Sie hatte sich so gut gefühlt, endlich angekommen in der Arbeitswelt, finanziell unabhängig und frei zu sein, ein Leben zu führen, wie sie es sich immer vorgestellt hatte. Reisen, shoppen, essen gehen, Party machen, ohne Einschränkung. Ihre eigene Wohnung, ihre eigene Arbeit und hoffentlich auch bald der richtige Mann.

Es wird uns im Sales-Bereich unterschiedlich betreffen, fuhr Dean fort. Wir wollen die Zeit, in der unsere Leads auf Eis liegen, nutzen, um an unserer Strategie zu feilen, unsere Standard-Präsentation zu überarbeiten usw. Das heißt, es wird noch immer etwas zu tun geben, aber nicht genug für vier Vollzeitkräfte. Ich habe lange überlegt, ob ich für alle im Team ein paar Tage die Woche Kurzarbeit anmelde, damit alle am Ball bleiben, sozusagen, oder ob ein paar weiter Vollzeit und die anderen gar nicht mehr arbeiten sollen.

Bitte, lass mich wenigstens noch ein paar Tage arbeiten, betete Frieda innerlich.

Deans ernstes Gesicht ließ nichts Gutes erahnen.

Ich habe mich entschieden, dass es bei den anstehenden Aufgaben am meisten Sinn macht, wenn Manuel und ich Vollzeit dran arbeiten. Es wäre ein riesiger Koordinationsaufwand, wenn Kollegen oder Kolleginnen nur einen oder zwei Tage in der Woche ins Büro kommen und wir uns immer erst einmal abstimmen müssten, wer wo steht und woran gearbeitet werden soll.

Frieda rutschte das Herz in die Hose. Das durfte nicht wahr sein. Sie merkte, dass ihr ein dicker Kloß im Hals saß. Sie würde nicht sprechen können, ohne dass ihr die Stimme versagte.

Dean deutete ihr Schweigen als Aufforderung weiterzureden.

Kurzarbeit heißt aber auch, dass du jeden Tag doch wieder ins Büro geholt werden kannst. Das wird kein Dauerzustand. Sobald es etwas zu tun gibt, rufen wir euch an. Und was dein Gehalt angeht: Das wird vom Staat übernommen, du erhältst weiter sechzig Prozent.

Sechzig Prozent! Frieda schluckte schwer und versuchte, den Kloß loszuwerden. Wie sollte sie damit auskommen? Ihre Miete allein verschlang ein Drittel ihres Gehalts.

Dazu kamen Strom, Internet und all die anderen Fixkosten. Vorbei war die gerade erst neu gewonnene Freiheit. Vorbei das belebende Gefühl des Neubeginns, die beschwingte Freude der Gestaltungsmöglichkeiten. Jemand schien ihr den Mörtel und die Kelle aus der Hand zu reißen, mit denen sie ihr Leben gerade Stein für Stein, Reihe für Reihe mühsam, sorgsam, sorgfältig aufbaute.

Es tut mir leid, Frieda. Aber das Ganze scheint sich zu einer globalen Krise auszuweiten. Wir müssen sehen, wie wir als Unternehmen gut da durchkommen. Am Ende des Tages hilft uns die Kurzarbeit, alle Arbeitsplätze zu erhalten. Indem du nicht arbeitest, leistest du also auch einen wertvollen Beitrag zum Fortbestand des Unternehmens.

Wertvoller Beitrag. Frieda schauderte. Vierzig Prozent Gehaltsverlust, das erschien ihr eher ein Opfer als ein Beitrag zu sein. Andererseits erhielt sie sechzig Prozent ihres Gehalts fürs Nichtstun.

Es fühlte sich schlecht an. Es fühlte sich falsch an. Es fühlte sich schlecht, falsch und schrecklich an.

Hast du irgendwelche Fragen? Du kannst mich natürlich auch immer kontaktieren. Ach so, die Kurzarbeit startet nächste Woche.

Sie sah Dean an, dass er erleichtert war, dass er es hinter sich hatte, die Nachricht überbracht, alles raus, was drinnen war, die Worte, die er sicher gewälzt und sich zurechtgelegt hatte.

Im Moment nicht, brachte Frieda endlich heraus.

Okay. Du musst das sicher erst mal verdauen. Wie gesagt, es ist nicht für immer, und du kannst dich jederzeit an mich wenden, wenn du Fragen hast.

Okay. Danke.

Frieda stand auf. Sie wollte schnell weg hier. Wollte nicht, dass Dean sie noch länger ansah, dass sie sich noch länger zusammenreißen musste. Sie stand unter Schock. Lief schnell zur Toilette, sperrte sich ein und atmete aus. Setzte sich auf den geschlossenen Klodeckel, stützte die Ellbogen auf die Knie, legte die Stirn auf ihre Handinnenflächen und begann zu weinen. Es war nur kurz, aber es musste raus. Zu stark hatte sie alles angespannt, sich innerlich an sich selbst festgehalten während Deans Verkündung. Sie schüttelte sich und tupfte die Tränenspuren vorsichtig mit Toilettenpapier ab, um ihr Make-up nicht zu ruinieren.

Es war nicht fair. Aber wenigstens war sie nicht allein. Der Gedanke war tröstlich, dass sie nicht die Einzige war, die in dieser Krise Einschnitte hinnehmen musste. Die Nachrichten waren voll davon. Jeden Tag mehr Fälle, mehr Tote, mehr Einschränkungen. In Deutschland sprach man von Homeoffice und Maskenpflicht, in Italien sogar von Lockdown, die Leute dürften dann nicht einmal das Haus verlassen. Man stelle sich vor, eingesperrt in den eigenen vier Wänden! Die Schule, die Arbeit, Spaziergänge, Besuche, das Leben – gestrichen. Sie musste sich beruhigen und nach vorn schauen. Es würde schon werden. Vielleicht konnte sie die plötzlich gewonnene Zeit irgendwie sinnvoll nutzen. Sie musste sich nur erst einmal an den Gedanken gewöhnen. Also, aufstehen, Krone richten und zurück an den Arbeitsplatz.

*

Alex war neugierig. Sie erzählte ihm geradeheraus, was passiert war, er war furchtbar aufgeregt. Es sprudelte nur so aus ihm heraus, er konnte sich gar nicht beruhigen. Würde es ihn auch treffen? Was machst du jetzt?

Frieda zuckte die Schultern. Alles auf ihrem Bildschirm schien plötzlich sinnlos. Was blieb zu tun? Welches Ziel jetzt verfolgen? Ihre To-dos, alle löschen, vielleicht teils auch nur auf Eis legen. Den Kunden schreiben? Sich erklären? Dazu hatte Dean nichts gesagt. Aber morgen war auch noch ein Tag. Nur nächste Woche, da würden plötzlich keine Tage mehr sein. Lustlos schob sie die Maus hin und her, ließ den Curser tanzen, beschloss, es für heute gut sein zu lassen.

Ich geh heim, sagte sie, stand auf, packte zusammen und ging. Alex nickte und war endlich ruhig.

Mach das, Süße. Wir sehen uns morgen. Wenn jemand fragt, ich sag Bescheid.

*

Wie sich neu ausrichten, wie das Leben gestalten ohne Sicherheit, ohne Plan? Niemand wusste, wie lang es so gehen würde, es war nicht klar, wann Frieda wieder arbeiten könnte. Und wenn es zu lang so ging, vielleicht wurde sie gar überflüssig. Sie hatte nicht einmal die Probezeit überstanden, wahrscheinlich war es noch Glück, dass sie überhaupt bleiben konnte.

Sie starrte den Baum an, die Tasse Zen in der Hand. Dem Baum war es egal. Er nahm es hin. Doch sie war kein Baum. Hinnehmen reichte nicht. Sie musste sich anpassen. Wieder einmal neu ausrichten. Pläne machen, Plan A und Plan B. Nur, alle Variablen schienen gerade offen. Wie diese Gleichung lösen mit so vielen Unbekannten?

Ihr Handy vibrierte.

Hi, schrieb Felipe.

*

Wie geht's? Wollen wir uns treffen?

Frieda seufzte. Ihr ging's beschissen. Hätte er früher geschrieben, hätte es anders ausgesehen. Tagelange Funkstille und jetzt direkt das. Vielleicht war er auch wieder nur ein Reinfall.

If only you set your mind on it.

Sie durfte nicht scheitern. Ihr Leben begann zu bröckeln, bevor der Mörtel überhaupt getrocknet war. Ihr waren die Hände gebunden. Hier war etwas am Werk, das in Verträgen Force Majeure oder höhere Gewalt genannt wurde. Keiner konnte ihr helfen. Und sie selbst sich auch nicht. Aber woran sie weiterarbeiten konnte, das war Felipe.

Mir geht's gut, log sie also. *Und wie geht's dir?*
Gut. Ich will dich sehen.

Er ließ wirklich nichts anbrennen. Sagte, was Sache war. Nahm sich, was er brauchte und wollte, und ließ alles andere beiseite. Es war beeindruckend. Und unangenehm direkt. Erst mal nichts antworten.

Lust auf 'nen Kaffee? schrieb er.

Okay. Wann und wo?

Samstag bei dir in der Nähe?

In Ordnung. Ich such uns was aus.

Er war direkt, aber das konnte sie auch. Unterschätze nie ein Chamäleon.

*

Ich mag dich, sagte Felipe. Er saß neben ihr auf der Bank, Milch und Zucker hieß das Café, sie tranken ihn schwarz.

Sie wurde rot. Er schaute sie an.

Deshalb muss ich dir was sagen.

Keine weiteren schlechten Nachrichten bitte, dachte Frieda. Ihr Herz pochte. Das Date war so schön. Sie lachten viel, sie erzählte von der Kurzarbeit, er war in Big Pharma unterwegs, nichts zu befürchten.

Ich war zehn Jahre lang in einer festen Beziehung, erklärte Felipe.

Frieda nickte. So weit, so gut.

Und ich wohne noch mit meiner Ex zusammen.

Nicht mehr so gut.

Wie reagieren? Was sollte das heißen?

Habt ihr euch gerade erst getrennt? fragte sie.

Ja, sagte Felipe schlicht. Keine weitere Erklärung, keine Details.

Okay, erwiderte sie. Fühlte sich dumpf. Wusste nichts mehr zu sagen oder zu fragen. Wie in Deans Büro. So viele Fragen, keine Antworten zu erwarten.

Ich mag dich sehr, wiederholte Felipe. Ich möchte dich gern besser kennenlernen. Ich habe keinen Sex mit meiner Ex oder so. Aber wir wohnen zusammen. Ich weiß nicht, ob das bei dir klargeht.

Okay, wiederholte Frieda. Ich muss drüber nachdenken. Ich mag dich auch.

Sie brauchte Zeit. Diesmal war es kein Verlobungsring, den man ihr unter die Nase hielt. Diesmal war es nur die Frage, ob sie jemanden kennenlernen wollte. Ohne Verpflichtungen, aber nicht ohne Risiko. Die Herausforderung war gerade eine Nummer größer geworden. War dieser Weg es immer noch wert? Das war die Frage. Und auch wenn der Boden, auf dem sie stand, immer stärker zu wackeln schien, die Fundamente ihres Lebens kaum erkennbar in der Erde, auf der sie Halt suchte, war sie fast sicher, dass sie Ja sagen würde. Nur noch nicht jetzt.

Er küsste sie zum Abschied. Mehr Nähe war in diesem Kuss, mehr Zärtlichkeit in seinen Augen. Ich mag dich sehr, hatte er gesagt. Es traf sie mitten ins Herz, hallte nach und legte einen hellen, wärmenden Ton über ihr Wesen.

Und ich wohne noch mit meiner Ex zusammen. Eine Wolke, die sich vor die Sonne schob, vor die Stirn, sie in Falten legte. Bittersüß, dieser Tag. Schwermut und Sehnsucht, Kaffeeduft und Hoffnung.

*

Der Sonntag danach war lang und grau. Der Montag würde für Frieda kein richtiger Montag werden. Die Nachrichten waren deprimierend. Täglich wurde klarer, dass diese Krise eine globale Angelegenheit war, sich das Ganze von einer Notlage internationalen Ausmaßes zu einer regelrechten Pandemie auswachsen könnte. Den letzten Tag im Büro hatte sie für die Kommunikation mit Kunden und Kollegen genutzt. Allgemein gedrückte Stimmung, sich gegenseitig aufmunternde Worte, virtuelles und persönliches Schulterklopfen. Wir bleiben in Kontakt, melde dich, wenn du was brauchst.

Sie wollte den Tag nutzen, sich überlegen, was sie nun tun sollte. Womit ihre Tage füllen, wie ihrem Leben Sinn geben, welche Ziele wählen, verfolgen, wie nicht verlieren – sich, die Würde, die Motivation? Wie gern würde sie reisen. Selten hatte man so viel Zeit, die Welt zu entdecken, einfach nur weg. Aber es gab kein Entkommen, das Virus war überall. Und alles sonst auch, alles, was Geld kostete, kam nicht in Frage. Vierzig Prozent weniger Gehalt, noch kein Erspartes auf dem Konto, es war nicht möglich, von

Luxus zu träumen. Mehr lesen, mehr lernen, mehr Sport machen, das konnte sie tun. Mehr Felipe. Das war die Entscheidung.

*

Viel zu tun gäbe es, schrieb Felipe. Die Firma, seine Firma, ein Covid-Profiteur. *Ich will dich sehen*, schrieb Frieda. *Bald, wirklich bald*, meinte er. Sie schickten sich Herzchen und kleine Nachrichten. Nicht so voller Sehnsucht wie bei David. Nicht so voller Liebe wie mit Gérôme. Doch mit dem ernsthaften Wunsch, der Absicht, die magnetische Kraft ihrer Gegensätze spielen zu lassen, den Urwald ihrer Fremdartigkeit zu durchkämmen, sich an der Exotik zu laben, an den Farben ihrer Seelen.

*

Unsicherheit war das Wort der Stunde. Was anziehen nach der ersten Tasse Kaffee? Was lesen nach den Morgennachrichten? Lieber erst einmal Sport oder doch gleich Frühstück? Und war es für ihn nur ein Spiel?

Und ich wohne noch mit meiner Ex zusammen.

If only you set your mind on it.

Im Morgenmantel, das Haar ungekämmt, Pantoffeln und Rührei.

Magst du Snowboarden, fragte er einfach so.

Ich fahre nur bisschen Ski, gab sie zu.

Du musst Snowboarden, schrieb Felipe und ließ ein Smiley die Zunge rausstrecken.

Frieda lachte. So war er. Einfach, direkt.

Sie hatte keine Ahnung davon, war nie auf einem einzigen Brett festgeschnallt gewesen. Der Gedanke daran war nicht gerade angenehm.

Ich liebe Surfen, ich liebe Snowboarden. Ich wünschte, du könntest das mit mir teilen, schrieb er.

So viel Druck, dachte sie. Mit Gérôme war es immer so leicht gewesen, bei ihm durfte sie einfach sie selbst sein.

Wo nur anfangen mit diesem neuen Leben, diesen neuen Herausforderungen? Es war ihr zu viel. Sie ging wieder ins Bett.

KAPITEL 6

Ende Februar 2020
DER WINTER BRINGT SCHNEE

Frankfurt

Es begann zu schneien. Dieser friedliche, ruhige Schneefall, bei dem nicht zu dicke, nicht zu dünne Flocken nicht zu schnell und nicht zu langsam sanft gen Boden trudelten. Dem man stundenlang zuschauen konnte, der wie die sacht im Winde bewegte Plastiktüte aus »American Beauty« den Blick im Hier und Jetzt festhielt. Frieda starrte aus dem Fenster, starrte in den Schnee, der nicht liegen blieb, wie so oft in der Großstadt. Im Spessart würde er liegen bleiben. Im Taunus wohl auch. Überall ein paar hundert Meter über dem Meeresspiegel waren die Flocken sicher.

Ich liebe Snowboarden, hatte Felipe gesagt. Ob er in den Skiurlaub fuhr? Viele waren gerade in Österreich, manche auch in der Schweiz. Sie feierten und wedelten die Pisten herab, manch einer warnte vor dem Virus. Frieda würde gern weg, vielleicht Snowboarden lernen. Aber die Personalabteilung hatte gesagt, sie dürfe Deutschland während der Kurzarbeit nicht verlassen. Und Dean hatte erklärt, sie könnte jeden Tag kurzfristig zurück in die Firma beordert werden, müsse sich bereithalten. Sie hatte frei und war doch gefangen. Außerdem fehlte ihr das Geld für einen Urlaub.

Ich muss mich ablenken, dachte Frieda. Ich werde noch wahnsinnig hier drin. Sie würde ihre Freundinnen kontaktieren. Marie und Lisa aus der Heimat, im Spessart.

Lisa schrieb, sie müsse arbeiten, aber am Wochenende hätte sie Zeit. Marie erklärte, dass sie sich gern am Wochenende treffen könnten.

Wie wär's mit Schlittenfahren? Am Engländer?

Tolle Idee! Lass uns das machen.

Hey, Lisa, hast du nicht ein Snowboard? Kann ich das am Samstag mal ausprobieren?

Klar, am Engländer?

Ja.

Gern. Ist eigentlich ein perfekter Ort zum Üben. Aber wie kommt's?

Ach, ich muss einfach was Neues ausprobieren. Brauch eine neue Herausforderung.

Okay. Smiley. *Geht klar, ich bring's mit. Meine Bindung könnte dir allerdings zu groß sein. Zieh zwei paar dicke Socken an!*

Alles klar. Danke! Ich freu mich!

Sofort fühlte Frieda sich besser. Jetzt hatte sie etwas, worauf sie sich freuen konnte. Freundinnen. Natur. Vielleicht auch ein Glühwein. Kühle Luft. Heimat. Etwas neues Lernen, noch dazu etwas, das Felipe beeindrucken würde, ein Bonus. Die Dinge fügten sich. Es ging voran. Der Schnee fiel weiter. Und sie hatte keine Ahnung, dass sich ihr Leben für immer verändern sollte.

Spessart

Es war kalt an diesem letzten Samstag im Februar 2020, einem Schalttag, etwas Besonderem also. Der Winter war viel zu mild gewesen, auch heute sollte es im Tagesverlauf wärmer werden. Das ganze Jahr bisher schien anders zu sein, anders als das, was man bisher kannte, worauf man vorbereitet gewesen war, womit man gerechnet hatte.

Auf der Fahrt in den dunklen, verwunschenen Wald ihrer Kindheit sah Frieda die Temperatur auf der Cockpit-Anzeige weiter sinken. Draußen wurde es weiß und die Welt stiller, einfacher. So wie die letzten Tage dieser Woche. Viel zu Hause, keine Arbeit, alles langsam. Außen ruhig und innen Aufruhr. Im TV, im Radio, in ihr drinnen. Felipe hatte sich wieder nicht gemeldet. Er war beschäftigt und sie wollte ihm nicht nachlaufen. Ihr war klar, dass sie ihn so nicht gewinnen würde. Doch nervös war sie trotzdem. Wollte weiterkommen, ihn sehen, sicherstellen, dass sie sich näherkamen, er die Ex vergaß. Aber wie sollte man eine Ex vergessen, mit der man noch zusammenwohnte? Letztlich musste sich das ändern. Es gab viel zu tun, und die Ohnmacht, die sie empfand, machte sie unruhig.

Sie traf ihre Freundinnen auf dem überfüllten Parkplatz. Herzliche Umarmungen in kalter Winterluft. Lachende Gesichter und der Hang schon voller grölender Kinder auf ihren Schlitten.

Wir waren nicht die Einzigen mit der Idee, scherzte Lisa.

Sieht so aus, gab Frieda lachend zurück.

Kein Wunder, meinte Marie. Der Winter war bisher gar kein richtiger Winter. Und jetzt noch diese Covid-Kacke. Alle wollen einfach raus und den Schnee genießen.

Apropos, fiel Frieda ein. Hast du das Snowboard dabei, Lisa?

Klar. Aber lass uns erst 'ne Runde Schlitten fahren. Und ein Glühwein muss auch sein, oder?

Absolut! stimmte Marie zu.

Auf jeden Fall, war Frieda einverstanden.

Sie luden die zwei Schlitten aus Maries Auto und stapften über die Schneedecke zur Talstation. Am Glühweinstand war trotz der frühen Stunde die Hölle los. Sie standen lange an und hatten Zeit zu quatschen. Marie erzählte von den Sorgen des Krankenhauses in Hinblick auf eine mögliche Ausweitung des Virus. Lisa berichtete von der Welle von Kurzarbeits-Anmeldungen, die zu bewältigen war.

Und wie geht es dir damit, Frieda?

Es ist komisch.

Was machst du jetzt den ganzen Tag?

Ich weiß nicht, die Tage gehen irgendwie rum. Man lässt sich Zeit. Ich räume auf, frühstücke, mache Sport und schon ist Mittag. Ich koche was, schaue Nachrichten, esse wieder und schon wird's draußen dunkel. Ich gucke 'ne Serie, lese bisschen, bin auf Insta, Whatsapp, Facebook. Und der Tag ist vorbei. So ungefähr.

Die Freundinnen nickten.

Aber was hast du vor? Marie ließ nicht locker. Hast du irgendwelche Pläne? Eine Sprache oder Spagat lernen, irgendwas?

Haha, Spagat lernen, gute Idee. Ich denk drüber nach. Nein, tatsächlich, ich will meine Sprachen auffrischen, viel lesen. Und eben Snowboarden lernen.

Ah, dir ist es ernst damit! Na, dann hoffen wir, dass es diesen Winter noch mehr Schnee geben wird. Oder fährst du in die Alpen?

Eher nicht.

Frieda hatte keine Lust, die genauen Gründe zu erläutern. Die Erinnerung daran, sich nicht frei in der Welt bewegen zu können und schon wieder aufs Geld schauen zu müssen, drückte ihr sofort aufs Gemüt. Zum Glück waren sie nun endlich weit in der Schlange vorgerückt, sodass der Glühwein nicht mehr lange auf sich warten ließ. Und tatsächlich, der heiße, würzige, leicht brennende Trunk ließ sie die Sorgen schnell ein wenig vergessen. Sie standen im Kreis zusammen wie so viele andere um sie herum, lachten herzlich, ließen sich vom allgemeinen Trubel und der Heiterkeit anstecken. Wintergetümmel. Es tat so gut.

*

Fröhlich, prustend und etwas außer Atem zogen sie die Schlitten den Hang hinauf. Nebenan, nur durch ein paar Tannen getrennt, lief der Schlepplift, zog die Skifahrer und Snowboarder Richtung Gipfel. Die Kinder in bunten Schneeanzügen leuchteten im Schnee, jauchzten und schrien. Frieda und Marie setzen sich auf einen Schlitten, Lisa schoss Fotos. Friedas neues Profilbild. Das letzte mit ihrer blau-pinken Skijacke. Die Abfahrt war schnell, dank des Gewimmels etwas abenteuerlich und herrlich befreiend. Die Freundinnen jubelten wie die Kinder. Der Glühwein tat sein Übriges. Am liebsten wäre Frieda gleich noch mal gefahren. Aber das Schlittenfahren war ein kindischer Zeitvertrieb, ohne Ziel, ohne Absicht, ein Moment des zweckfreien Spaßes, der Genuss des Augenblicks. Nach dieser trägen, arbeitslosen Woche wollte sie endlich etwas Sinnvolles tun. Und für heute war das Snowboardfahren lernen.

Lisa, zeigst du mir, wie das funktioniert?

Klar, lass uns rübergehen. Für den Anfang musst du den Lift nicht nehmen, wir fangen einfach unten an, laufen nur ein bisschen den Hang hoch. Marie, kommst du mit?

Nein. Ich bleib hier, es macht so Spaß, rief Marie und lief sofort lachend los, wieder den Hang hoch, ihren Schlitten im Schlepptau.

Lisa und Frieda brachten den zweiten Schlitten zum Auto und holten das Snowboard. Die Nervosität war zurück. Etwas Neues zu lernen war aufregend. Aber

Frieda hatte auch Angst. Angst, zu versagen, es nicht schnell zu können, sich zu blamieren. Hier war viel los. Und viele Gelegenheiten würde sie in diesem Winter sicher nicht mehr bekommen. Sie musste es einfach schnell lernen, wollte nicht scheitern.

Wieso hast du es plötzlich so eilig mit dem Snowboarden? fragte Lisa, als sie den Parkplatz überquert hatten und schwer atmend den Berg hochliefen. Dir ist langweilig, schon klar. Aber Schlittenfahren macht doch auch Spaß.

Ich brauche eine Herausforderung. Und Felipe hat mich drauf gebracht, ehrlich gesagt.

Ahhh, Felipe! Ich wusste, da steckt mehr dahinter. Die Freundin zwinkerte mit dem linken Auge. Wie läuft's denn bei euch? Habt ihr euch nicht mehr getroffen seit dem Kaffee-Date?

Nein, leider nicht. Und er hat mir da was gestanden.

Was? Wieso erzählst du das jetzt erst? Spuck's aus!

Er wohnt noch mit seiner Ex-Freundin zusammen.

Lisa blieb stehen und hielt Friedas Arm fest.

Das ist nicht dein Ernst! rief sie. Frieda, sorry to say, aber du glaubst doch nicht, dass da nichts mehr läuft? Oder, selbst wenn nicht, er nicht noch irgendwie an ihr hängt? Wieso wohnt man denn noch zusammen, wenn man sich trennt? Das hab ich ja noch nie gehört!

Frieda fühlte sich furchtbar. Sie hatte den Gedanken erfolgreich verdrängt, wollte Felipe einfach glauben, vertrauen, dass er nur »busy« war, und war sicher, dass er sie wiedersehen wollte. Aber wenn sie ehrlich war, hatte sie furchtbare Angst, dass er sie anlog. Dass er mit dieser angeblichen Ex noch zusammen war. In jedem Fall konkurrierte sie mit ihr. Sie spürte es. Wusste es. Sie trat an gegen Unbekannt. Bestimmt konnte diese fabelhafte Ex-Freundin snowboarden. Wahrscheinlich sah sie dabei sexy aus. Sicher war sie sexy, egal, was sie tat. Und gewiss nicht halb arbeitslos, so wie sie, Frieda. Ihre Motivation war dahin. Aber nun waren sie hier.

Lisa half ihr in die Bindung. Zu groß, trotz der Socken. Aber würde schon gehen. Lisa erklärte ihr, was sie tun sollte. Erst mal nur auf einer Kante bleiben. Bloß keine Kurve fahren. Nur hin und her rutschen. Frieda nickte. Ihr war ganz schlecht. Vor Nervosität, vor Versagensangst, dank des Glühweins auf nüchternen Magen. Ihr Selbstwertgefühl auf dem Tiefpunkt, die Temperaturen kletterten indes. Ihr war warm in der Jacke, sie schwitzte leicht. Rutschte los auf der Kante, fiel sofort hin. Autsch, das Steißbein. War ja klar. Lisa lachte, das sei normal. Weiter geht's. Keine Lust, dachte Frieda. Ich kann das eh nicht. Und was tu ich hier eigentlich? Wieso will ich was lernen, nur um jemanden zu beeindrucken, der mich offensichtlich gar nicht wirklich will. Eine Woche hatten sie sich nicht gesehen, wenige Nachrichten nur, was dachte sie denn? Hatte sie nicht alles ändern wollen? Sie bestimmte, wer sie wollen sollte. War das hier der richtige Weg?

Sie hatte Zweifel, rutschte und fiel, rutschte und fiel. Lisa gab Tipps und war fröhlich. Baute sie auf und zog sie hoch. Frieda lachte nicht, war verbissen. Fühlte die Kraft schwinden, es strengte sie an.

Marie winkte von drüben zu ihnen herüber.

Ich geh mal zu ihr, sagte Lisa. Mach weiter, du bist auf dem richtigen Weg.

Frieda saß auf dem Hintern im Schnee. Ruhte kurz aus, sah den anderen zu. Skifahrer, die locker leicht von rechts nach links schwangen. Snowboarder, lässig und cool. Anfänger-Skifahrer, uncool im Pflug. Skifahren hatte sie so schnell gelernt, damals mit zwölf! Sie würde eine Kurve probieren. So schwer konnte es doch nicht sein.

Einmal tief durchatmen, sich hochdrücken auf müden Gelenken, von Ehrgeiz und Trotz motiviert. Losrutschen, brav auf der Kante, Fahrt aufnehmend, schnell fühlte es sich an. Der Pistenrand kam näher und näher, die Kurve musste her. Im letzten Moment dagegen entschieden, rutschte sie wieder nach rechts, doch war zu schnell und fiel hin. Frieda fluchte und atmete, war müde und demotiviert. Besser doch aufhören. Zurück zu den Freundinnen. Den Tag einfach genießen, rodeln und Glühwein.

Einmal noch, sagte sie zu sich.

If only you set your mind on it.

Sie hievte sich hoch. Begann zu gleiten, hoch konzentriert. Geschwind sauste sie, schon war es unkontrolliert. Schnell nur die Kurve und sie wäre fertig für heute. Morgen war auch noch ein Tag.

Sie nahm die Kurve.

Und fiel.

Es krachte laut. Wirklich laut. Und dann war alles still. Sie lag im Schnee. Auf dem Bauch. Ihr Arm, der linke, auch neben ihr. Aber er war nicht mehr ihrer. Sie wusste es sofort. In der Sekunde, als es krachte, wusste sie es schon. Rechts fuhren sie Schlitten. Links fuhren sie Ski. Sie hörte nichts mehr. Lauschte nach innen. Der Schmerz würde kommen, das war ihr klar. Der Schock musste weichen, dann wäre er da. Sie wusste, das war was Großes. Sie brauchte Hilfe. Rechts fuhren sie Schlitten. Links fuhren sie Ski. Ein Snowboard-Anfänger im Schnee. Blau-pinke Jacke. Nicht Neon. Alles normal.

Das Brett an den Füßen, gefangen im Schnee. Kalt wurde es am Bauch. Und dann war er da.

Der Schmerz raubte ihr den Atem. Doch sie hörte sich schreien. Höher war ihre Stimme. Die war nicht ihre. Genau wie der Arm.

Eins, zwei, eins, zwei.

Man nahm ihr die Würde. Sie war nicht mehr sie selbst.

Kapitel 7

Ende Februar – Anfang März 2020
DER BESUCH DER ALTEN DAME

Aschaffenburg

Als Frieda aufwachte, war sie allein. Sie spürte nichts. Hörte Stimmen in der Ferne. Sie kamen näher und eine Krankenschwester beugte sich über sie.

Ah, Sie sind aufgewacht. Wie geht es Ihnen?

Frieda nahm kaum wahr, was die Dame sagte. Irgendwann bewegte sich das Bett, in dem sie lag, und sie wurde durch kühle Gänge mit kaltem Neonlicht gerollt.

Ihre Mutter saß auf dem Flur vor dem Zimmer, in das sie geschoben wurde. Eine alte Frau lag dort und hob müde den Kopf, aus Neugierde oder zum Gruß, man konnte es nicht genau sagen. Frieda war selten so froh gewesen, ihre Mutter zu sehen.

Wie geht es dir, mein Mädchen? fragte sie zärtlich.

Mein Mädchen. Es war Frieda unangenehm, wenn ihre Mutter so zu ihr sprach. Als ob sie nicht längst erwachsen und eine Frau wäre. Aber sie brauchte ihre Mutter jetzt.

Wo sind Marie und Lisa? fragte sie, statt zu antworten.

Die sind nach Hause gefahren. Du wurdest fast fünf Stunden operiert.

Oh, okay.

Frieda fühlte sich matt. Das war sicher die Vollnarkose, deren Wirkung erst langsam nachließ. Inzwischen spürte sie einen unangenehmen Schmerz im Arm und hatte keine Eile, noch wacher zu werden.

Ihre Mutter streichelte ihr über den rechten Arm.

Wir warten auf den Arztbericht, sagte sie.

Und das taten sie.

*

Frieda hatte kein Zeitgefühl mehr. Hunger auch nicht, nur Schmerzen. Draußen war es bereits dunkel. Ihre Mutter saß bei ihr, las ein Buch und schwieg. Die alte Frau schlief. Frieda dachte an nichts. Nur an das Pochen in ihrem Arm.

Ein Arzt kam herein.

Ich bin Doktor Jakowzki, stellte er sich mit stark osteuropäischem Akzent vor. Ich habe Sie operiert.

Guten Tag, sagte ihre Mutter und legte das Buch beiseite.

Zunächst einmal die gute Nachricht. Die OP verlief den Umständen entsprechend gut. Ich denke, wir haben das Beste herausgeholt, was eben ging. Die schlechte Nachricht ist, dass der Bruch oder vielmehr die Brüche sehr kompliziert waren. Es wird sicher viel Arbeit vor Ihnen liegen, viel Training und Geduld brauchen, damit der Arm wieder einsatzfähig wird, und selbst dann werden Sie den vollen Bewegungsumfang leider nicht mehr zurückgewinnen. Aber Sie sind jung, Sie können viel schaffen. Morgen werde ich Ihnen weitere Details nennen. Haben Sie jetzt gerade noch Fragen?

Frieda schüttelte den Kopf, und ihre Mutter meinte: Im Moment nicht, vielen Dank. Sie blickte ernst drein. Frieda brachte keinen Ton heraus. Sie stand noch immer unter Schock. Langsam kam die Erinnerung. An das Mädchen, das endlich neben ihr gehalten und gefragt hatte, ob sie Hilfe bräuchte. An Marie und Lisa, die herübergelaufen kamen. An die Bergwacht, die sie mit dem Schlitten holte, an die unmenschlichen Schmerzen, als sie umgelagert wurde. An den Rettungswagen und die Sanitäter, die Schmerzmittel in sie pumpten. An die schöne Jacke, aus der sie herausgeschnitten wurde, und das Röntgen und den Arzt, der erklärte, dass sie gleich operiert werden müsse. An Marie und Lisa, die mit dem Auto nachgekommen waren, ihre Mutter angerufen hatten und bis zur OP bei ihr geblieben waren. An den Schmerz, so viel Schmerz.

Es war alles wie in Zeitlupe abgelaufen, jede Sekunde eine Tortur. Gleichzeitig war alles so schnell gegangen. Ihr Kopf kam nicht mit. War besessen vom Schmerz, konnte nichts anderes mehr verarbeiten.

Was der Arzt gesagt hatte, war kaum zu verstehen gewesen. Was war denn los? Sie war müde. Hatte Durst. Wollte Wasser, ihre Mutter holte es rasch. Doch sich vorbeugen, das Glas greifen, jede Bewegung eine schmerzvolle Prozedur.

Es ist schon spät, Kind. Ich fahr nach Haus. Aber morgen früh komme ich wieder.

Geh nicht, hätte Frieda gern gesagt. Sie wollte nicht hierbleiben. Schon gar nicht allein. Mit einer Fremden im Zimmer, ans Bett gefesselt.

Brauchst du noch etwas?

Ja, mein Leben zurück.

Ach Mädchen, sag so was nicht. Du bist verletzt, aber das wird wieder. Wie der Arzt gesagt hast, du bist noch so jung.

Die Mutter gab ihr einen Kuss auf die Stirn und ging.

Es war dunkel. Und es war nicht nur der Arm. Alles lag in Scherben, alles ganz still. Nur brüllend laut, der gellende Schmerz.

*

In der Nacht schlief Frieda kaum. Wälzte sich unruhig, fand keine bequeme Position, wurde hungrig, schließlich dachte sie auch an Felipe. Das mit ihm konnte sie jetzt vergessen. Sie konnte alles vergessen. Hatte alles verloren. Sie war eine Versagerin auf ganzer Linie. Ein Krüppel jetzt noch dazu. Sie wollte schreien, schluchzte aber nur.

Was is donn mit Ihne, hon Sie Schmerze? fragte plötzlich die alte Dame, aus dem Schlaf hochgeschreckt.

Ja, Entschuldigung! antwortete Frieda.

Des versteh ich, die hob ich aa. Des werd besser. Direkt noch de OP is es schlimm.

Frieda weinte nun still. Nichts verstand diese Frau. Selig waren die Alten, die es beinah schon hinter sich hatten.

*

In den frühen Morgenstunden nickte Frieda kurz ein. Als sie hochschreckte, weil die Zimmernachbarin nieste, dachte sie an ihr Handy. Wo war das eigentlich? Und wo war ihr Geld? Ihre Sachen, ihr Ausweis? Schläuche hingen an ihr, ans Aufstehen war nicht zu denken, doch sie wollte im Schrank nachsehen. Sollte sie klingeln? Sie würde sich wohl nicht beliebt machen, verwarf den Gedanken und kochte innerlich. Wieso hatte ihre Mutter nicht daran gedacht, ihr das Handy ans Bett zu legen? Warum hatte sie ihr nicht gesagt, wo ihre Sachen geblieben waren? Sie wusste nicht einmal, wie viel Uhr es war, war gefangen in diesem Bett. Keine Ablenkung zur Hand, keine Verbindung zur Außenwelt. Sie würde warten müssen, bis jemand kam. Der Frühdienst, eine Nachtschwester, irgendwer. Doch nun war sie hellwach, kein Entkommen mehr durch Schlaf. Purer Schmerz, pure Wut, endloses Gedankenkarussell.

*

Das Ellbogengelenk war hinüber, ein glatter Bruch im Unterarm, ein Trümmerbruch im Oberarm. Langer Stab, zwanzig Nägel und zwei Platten, alles voller Metall. Der Nagel direkt am Gelenk machte Probleme. Eventuell war eine weitere OP nötig. Ihr graute davor. Beugung und Streckung des Arms waren unmöglich. Das würde viel besser werden, versprach ihr der Arzt. Aber der Nagel sei etwas im Weg. Man würde ein paar Wochen warten, bis alles etwas stabiler sei, dann vielleicht erneut operieren und ihn ersatzlos entfernen.

*

Wo ist mein Handy? fuhr Frieda ihre Mutter an, als sie endlich um zehn Uhr auftauchte.

Guten Morgen erst mal.

Wo ist mein Handy? wiederholte Frieda aufgebracht. Hast du überhaupt eine Ahnung, seit wann ich wach bin? Ich kann niemanden anrufen, niemandem schreiben, nicht kommunizieren.

Okay, Frieda. Reg dich nicht auf. Ich habe deine Wertsachen mitgenommen, damit nichts wegkommt. Du brauchst doch jetzt nicht gleich ein Handy. Du brauchst Ruhe.

Ihr platzte fast der Kragen. Welche Ruhe, Mama? Ich kann gar nicht schlafen. Hast du eine Ahnung, was für Schmerzen ich habe? Ich brauch eine Ablenkung.

Keine Sorge. Ich hab dein Handy dabei. War die Visite schon da?

Ja. Wo warst du denn so lange?

Ihre Mutter zog hörbar die Luft ein. Wollte sich beherrschen. Frieda war unverschämt.

Frieda. Ich bitte dich, sagte sie gepresst. Ich musste ein paar Sachen regeln. Lass uns besprechen, was du brauchst.

Ich würde gern duschen. Brauch Zahnputzsachen, Unterwäsche. Das Übliche halt.

Gut, wir machen eine Liste. Marie hat deinen Schlüssel genommen. Sie fährt heute nach Frankfurt und holt alles für dich.

Inzwischen tat Frieda ihr Wutausbruch leid. Es war einfach nur alles so schwer. Ohne Ablenkung, allein mit den Gedanken und allein mit der Qual. Aber alle wollten nur helfen und ihre Schuld war es auch nicht.

Das Handy war ausgeschaltet. Sie machte es an und sah Nachrichten eintrudeln. Es war ein gutes Gefühl, jedes *Ping* Balsam auf ihrer geschundenen Seele. Jemand, der an sie dachte. Ein Kontakt. Und Felipe schrieb ihr: *Hey, lang nichts gehört. Ich war beschäftigt. Und ich weiß, du wolltest Zeit, um nachzudenken, aber ich hoffe, wir können uns bald wiedersehen. Schreib mir, wenn du kannst.*

Er wartete auf sie, auf Rückmeldung von ihr! Das war ihr gar nicht bewusst gewesen. Sie hatte gedacht, alles wäre klar. Innerlich hatte sie »Ja« gesagt, dass sie ihn näher kennenlernen, Zeit mit ihm verbringen, mit ihm zusammen sein wollte. Aber sie hatte ihm nie eine Antwort gegeben. Er wartete. Auf sie! Für einen kurzen Moment war der Schmerz vergessen. Sie lächelte. Dann tat es ihr wieder weh. Nur mit rechts das Handy halten und tippen war nicht so leicht. Sie legte das Handy beiseite, erzählte ihrer Mutter, was die Visite berichtet hatte, und erstellte die Liste.

Nun kam auch Besuch für die alte Dame. Es war richtig was los. Sie wurde müde. Die Schmerzmittel bekam sie noch intravenös. Der Schock, die OP, die halb durchwachte Nacht, sie brauchte Schlaf. Doch Ruhe kehrte nicht ein. Ständig kam jemand ins Zimmer. Blutdruck wurde gemessen, die Urinschale entleert, der Tropf ausgewechselt, das Mittagessen gebracht. Besuch der alten Dame kam, Besuch der alten Dame ging. Ihre Mutter verabschiedete sich auch wieder, wollte am späten Nachmittag mit den Sachen wiederkommen.

Irgendwann schlief sie ein. Schlaf tat unendlich gut. Weg waren der Schmerz, die Gedanken, weg war die Wut. Das Aufwachen verfluchte sie. Gleich war alles wieder da. Sie griff zum Handy. Manch einer hatte schon von ihrem Unfall gehört. Sie wusste nicht, was sie antworten sollte. Wie ging es ihr? Was sollte sie schreiben?

Sie empfand keine Eile. Nur Felipe, dem musste sie antworten. Sie wollte ihn jetzt nicht verlieren. Wie ihm das hier erklären?

Hi, Entschuldigung. Ich wollte mich melden. Aber ich hatte einen Unfall und bin im Krankenhaus. Ich weiß nicht, wie lange ich hierbleiben muss.

Das Tippen fiel ihr schwer. Ihre Gedanken fuhren

Achterbahn. Was würde er antworten? Wie lange würde es dauern, ihn wiederzusehen? Und würde er sie überhaupt noch wollen, jetzt, da sie ein Krüppel war?

*

Ihre Mutter brachte Frieda die Kleidung, die Marie geholt hatte. Der Abend kam, die Besucher gingen, Schichtwechsel beim Krankenhauspersonal.

Die alte Dame fragte: Was is donn mit Ihne passiert?

Ich bin beim Snowboarden hingefallen.

Beim was?

Skifahren.

Ihr Leut, das passiert ja oft. En Teufels-Sport.

Und Sie?

Oh Jess, ich be die Treppe nuff zu meum Haus, hat die Eukäfsdasch un hob es Gleichgewicht verlorn. De Elleboche hots erwischt.

Bei mir auch.

Düt weh, gell?

Ja. Sehr.

Be scho es dritte Mol gefalle. Meun Sohn sacht: Uff-passe!

War das Ihr Sohn vorhin?

Na, mein Schwiechersohn. I hob zwei Söhn unne Tochter.

Wie schön.

Is schö, aber ach net leicht. Meun äne Sohn hot viel Probleme.

123

Oh, das tut mir leid.

Der säuft, der ene, und lebt noch bei mir mit fuffzig. Ah.

Ich be scho 81, leb noch in meum Haus. Aber die Treppe! Meu Tochter sescht, ich soll ömziehe. Aber ich well net. Hob meu ganzes Läbe do gewohnt, do be isch gebohrn, meu Kinner a.

In Ihrem Haus?

So wor des damals. Ich wohn in Kromisch, in Aschebeisch wor die nächste Klinik, isse heut noch. Mir han koa Auto. Mir hom die Kinner dehoam bekomme.

Oh. Ja, das ist heute anders. Aber Hausgeburten sind wieder im Kommen.

Woa ach schö. Alle soan komme zum Gratuliern, mit Suppe und Geschenke. Meu Schwiegermutter, meu Mutter un die Cousine hom de Haushalt geschmisse und mir Kisse in de Rücke gestopt. Es Wochebett woar die schönste Zeit. Alle hom mich verwöhnt, meun Mann hat Blume gebracht un ich musst koan Finger rührn. Mir sin nie in de Urlaub gefahren, aber Wochebett war immer wie Urlaub für mich.

Wow, nie in den Urlaub gefahren!

Heut fahrn se all noch Mallorca un Italien, wie verrückt alle in Urlaub. Bei uns isses a schö, sach ich immer.

Das stimmt.

Frieda lächelte. Was für ein Leben. Unvorstellbar für sie. So schön es hier sein mochte, sie hatte immer schon weggewollt. Die Welt sehen. Alles entdecken.

Langweilig würde ihr werden, immer im selben Haus, immer am selben Ort. Durchdrehen würde sie. Etwas verpassen. Fear of missing out.

Aber jetzt mit Corona, jetzt wern se sich umgucke. Mit Urlaub is erstemol nix mehr, fuhr die alte Dame fort.

Wieso? fragte Frieda.

Wer steischt donn jetzt noch in e Flugzeuch?

Stimmt. Frieda nickte.

So schlimm wird's hoffentlich nicht werden, dachte sie.

Wie heiße Sie donn eichendlich?

Frieda.

Frieda? Ich be die Gerdie.

Freut mich.

Wonn mer do scho leische, müsse mer wenichstens wesse, wie die onnä hast.

Das stimmt. Sie haben viel Besuch. Kommen die alle aus Krombach?

Ja, meu Kinner, meu Enkel, meu Freundinne. Stört Sie des?

Nein, nein, log Frieda.

Es raubte ihr die Ruhe. Aber es war besser, dass etwas los war. Jede Ablenkung tat gut. Sie war fast neidisch auf den vielen Besuch, den Gerdie bekam. Zu ihr kam nur ihre Mutter. Ihre Freunde arbeiteten alle. Viele wohnten weit weg. Aber Gerdies Familie und Freunde fuhren alle aus Krombach hierher. Sie musste beliebt sein. Frieda mochte sie auch. Ob sie auch so viel Besuch bekäme, wenn sie einmal so alt wäre? Ob sie wohl Kinder hätte und Enkel, die sie besuchten? Und wie zufrieden Gerdie mit allem war. Kein Wort der Klage. Sie hatte vielleicht nicht alles, was sie liebte. Ihr Leben, so einfach es nur ging. Aber sie liebte, was sie hatte. Das war Glück.

Wovon soll ich bloß träumen? Was soll ich wollen?

Sie hatte die Wahl. Ihr hatte alles offen gestanden. Vielleicht tat es das selbst nach dem Unfall immer noch. Doch die eine Wahl, die sie nicht hatte, war die: ein einfaches Leben.

Frieda schlief wieder ein.

KAPITEL 8

März 2020
WHY DOES IT ALWAYS RAIN ON ME?

Frankfurt

Felipe hatte Frieda im Krankenhaus besuchen wollen, was sie immens gefreut hatte. Doch sie wollte nicht, dass er sie so sah. Nach ihrer Entlassung blieb sie ein paar Tage bei ihrer Mutter und lernte die Dinge mit einem Arm zu erledigen. Eine Schiene trug sie nicht, davon würde der Arm nur steif, hatte der Arzt gesagt. Noch immer nahm sie starke Schmerzmittel. Wenig später ging es zurück in ihre Wohnung nach Frankfurt.

Bist du sicher, dass du klarkommst, Mädchen? hatte ihre Mutter gefragt.

Natürlich. Ich komm klar.

Und sie kam klar. Nahm die Bahn zur Physiotherapie, ging mit dem Rucksack einkaufen, aß Müsli und haufenweise Sachen vom Lieferdienst. Die Kollegen schickten Blumen. Gael brachte Suppe in einem riesigen Topf.

Felipe kam mit Kuchen vom Bäcker und Blumen vorbei. Sie küssten sich lange und erzählten sich viel.

Wie ist es passiert?

Ich wollte Snowboarden.

Oh. War das dein erstes Mal?

Ja.

Meinetwegen?

Na ja …

Oh nein. Es ist also quasi meine Schuld?

Nicht wirklich.

Jetzt fühle ich mich schuldig.

Du bist nicht schuld.

Du hättest das erste Mal mit mir fahren sollen.

Ja, vielleicht wäre das besser gewesen.

Er lächelte. Sie lächelte.

Sie sprachen vom Lockdown, der kommen sollte.

Ich sitze eh nur zu Hause, meinte Frieda.

Ich will ausziehen, sagte Felipe.

Oh.

Ihr Herz tat einen kleinen, fast schmerzhaften Sprung.

Ja, es ist an der Zeit.

Wohin ziehst du?

Ich weiß nicht, aber hier im Nordend ist es nicht schlecht. Er zwinkerte.

Ihr Herz sprang Trampolin.

Aber ich muss dir was sagen. Und dich was fragen.

Schon wieder? dachte Frieda besorgt.

Was gibt's?

Ich will, dass das mit uns weitergeht, begann Felipe umständlich. Aber ich war nicht hundertprozentig ehrlich. Eigentlich bin ich noch mit meiner Ex zusammen.

Ihr Herz schlug hart auf. Sie hatte es geahnt. Nein, sie hatte es *gewusst*.

Ich will mich trennen. Sie weiß das auch.

Okay. Und warum tust du es nicht?

Felipe seufzte.

Ich will ja. Aber es ist schwer. Wir waren zehn Jahre zusammen. Wir teilen so viel. Wir wohnen zusammen. Es ist gar nicht so einfach, das alles zu regeln. Jedes Mal, wenn ich es versuche, fängt sie an zu weinen. Und … dann schaffe ich es einfach nicht.

Frieda stellte sich die Szene vor.

Du hast noch Gefühle für sie, stellte sie fest.

Ja. Ich habe noch Gefühle für sie. Ich liebe sie. Ich werde sie immer lieben. Das ist die Wahrheit. Aber ich habe mich in dich verliebt. Du bist alles, was ich mir immer erträumt habe.

In Frieda war Chaos. So viele Gedanken und Gefühle gleichzeitig.

Du kennst mich doch gar nicht richtig. Natürlich habe ich dir bisher nur das Beste von mir gezeigt, dachte sie. Du wirst sie immer lieben? Wie soll das denn funktionieren?

Aber sie schwieg. Sie wollte ihn nicht mit der Nase darauf stoßen, dass es ein Fehler war, alles auf eine Karte, alles auf sie zu setzen.

Und wie war es möglich, dass sie ihn so in ihren Bann gezogen hatte? Sie schien alles richtig gemacht zu haben. *If only you set your mind on it.*

Sie war überrascht, etwas stolz, etwas geschmeichelt und sehr besorgt.

Ich muss das alles erst mal verdauen, sagte sie. Gerade ist alles zu viel.

Er nahm sie in den Arm. Sie fühlte Tränen in sich aufsteigen.

Warum konnte es nicht einfach einfach sein? Wenigstens eine Sache in ihrem momentan so verkorksten Leben?

*

Der Frühling kam. Der Winter, der kein echter Winter gewesen war, ging. Greta Thunberg war über Nacht aus den Nachrichten verschwunden. Klimawandel war gestern. Heute nur noch Corona. Der Lockdown.

Es gab keine Ablenkung, man konnte nirgendwohin. Freunde treffen durfte sie nicht, nicht notwendige Kontakte sollten vermieden werden, selbst der Gang zum Supermarkt war deprimierend, die Regale gähnend leer, wo Mehl, Nudeln und Toilettenpapier sein sollten. Der Einzelhandel, geschlossen. Gastronomie und jegliches Entertainment: zu. Selbst Kinderspielplätze mit Absperrband umkreist, jede Freude genommen. Autofahren konnte sie nicht mit ihrem kaputten Arm. Sie fühlte sich gefangen. Die Einsamkeit umklammerte ihr Herz täglich stärker. Das Gefühl der Ungewissheit schien ihr die Luft abzuschnüren. Was sollte sie tun?

Es fühlte sich falsch an, Felipe von seiner Freundin zu trennen. *Sie* trennte die beiden, nicht Felipe sich von ihr. So kam es ihr vor. Doch jetzt, während des Lockdowns, jemand Neues treffen? Unmöglich!

Was sollte aus ihrem Job werden?

Was aus ihrem Arm? Die Narbe war hässlich, Beugung und Streckung weiter unmöglich. Dann wurde auch die Physio abgesagt, sie solle allein zu Hause üben, nur absolut dringende Fälle durften noch behandelt werden. War ihre Heilung nicht dringend? Im Gesamtblick der Gesellschaft scheinbar nicht.

Sie ging zum Arzt. Schwermütig und verloren. Der Bus fuhr nicht, sie musste die drei Kilometer zu Fuß überwinden.

Ich würde eine weitere OP empfehlen, sagte der Orthopäde. Der eine Nagel liegt zu nah am Gelenk. Sie würden so zu sehr eingeschränkt und hinter ihren Möglichkeiten bleiben. Sie sind noch jung, Sie wollen den Arm ja sicher wieder benutzen, Sport machen, das Leben leben, vielleicht mal Kinder haben?

Er lächelte und hob fragend die Augenbraue.

Was nun? Sollte sie hier und jetzt beantworten, ob sie eine weitere OP durchstehen wollte? Noch mal solche Schmerzen haben, wo es gerade etwas besser geworden war? Wollte er wissen, ob sie Kinder wollte?

Es blieb nur die gleiche Antwort, die sie auch Felipe gegeben hatte.

Ich muss drüber nachdenken.

Auf dem Heimweg regnete es. Sie hatte keinen Schirm. *Why does it always rain on me?*

*

Felipe fragte, ob er vorbeikommen dürfe. Sie hatte noch keine Antwort für ihn. Fühlte sich schuldig gegenüber seiner Ex. Aber sie war allein. Sie hatte mit ihren Freundinnen und mit ihrer Mutter wegen der OP gesprochen. Alle rieten ihr, es durchzuziehen. In einer Woche wäre sie wieder in der Klinik in Aschaffenburg. Sie vermisste Felipe, sie sehnte sich nach ihm, nach Ablenkung, Berührung, Liebe.

Er kam vorbei. Sie waren wie Magneten. Seine Haut auf ihrer Haut. Sie fühlte sich lebendig. Und voll prickelnder Angst. Angst, dass er seine Ex nicht verlassen würde. Angst, dass er sie verlassen würde. Angst, dass sie selbst ihn enttäuschen würde.

Angst, dass sie nicht genug war. Angst vor der OP. Angst, nie wieder die Alte zu sein. Angst, dass die Welt nie wieder die alte werden würde. Angst, Angst, Angst. Nur seine Arme konnten Linderung schenken. Ließen sie kurz durchatmen. Bevor die nächste Welle anrollte. Angst, diese Arme zu verlieren. Angst, nichts mehr zu haben in dieser Zeit. Nichts, was half. Nichts, was die Beklemmung löste.

In seinen Augen sah sie, dass auch er voller Schmerz war. Voller Zweifel und voller Schuld.

Was sollen wir bloß tun? schienen sie zu fragen.

Ich kann es dir nicht sagen, sprach ihr Herz. Sie streichelte seinen Brustkorb. Meine Antwort ist in meinen Fingerspitzen. Kannst du es fühlen?

Ich habe Angst vor der OP, sagte sie.

Er antwortete nicht, küsste sie nur.

Ich wünschte, ich könnte dich begleiten.

Ach, sagte sie. Es darf eh niemand mit ins Krankenhaus. Besuchsverbot.

Zärtlich sah er sie an. Ich sorge mich um dich.

Das war ein schöner Satz.

Sorg dich nicht, sagte sie.

Es ist nicht gut, wenn du da allein bist.

Ich habe keine Wahl, erwiderte sie.

Du könntest die OP verschieben.

Dann verwächst nur alles wieder. Und sobald es wieder aufgemacht wird, geht es von vorn los. Dann verzögert sich der gesamte Heilungsprozess. Außerdem will ich es hinter mich bringen. Und wer weiß, wie lange es dauert, bis sie wieder Besucher ins Krankenhaus lassen.

Okay, du scheinst dich entschieden zu haben.

Ja.

Ich werde dich vermissen.

Es dauert hoffentlich nicht lange.

Er küsste sie.

KAPITEL 9

April – Mai 2020
DER FRÜHLING BRINGT BLUMEN

Aschaffenburg

Am Tag vor der OP holte Friedas Mutter sie ab. In der Nacht tat sie kein Auge zu. Die Angst, die sie vorher latent durch jeden Tag begleitet hatte, wandelte sich in unkontrollierbare Panik. Sie bekam kaum Luft, weinte laut, hoffte, ihre Mutter würde nicht aufwachen. Bei der ersten OP hatte sie nicht gewusst, was sie erwartete. Diesmal schon. Wissen war Macht? Nein, was ich nicht weiß, macht mich nicht heiß. Was, wenn etwas schiefging? Was, wenn sie lange bleiben müsste? Wie aushalten, dass niemand zu Besuch kam?

Doch die OP verlief gut. Der Schmerz war da, aber nicht zu vergleichen mit dem, den sie vorher gespürt hatte. Der Arzt war zufrieden. Alles werde gut. Er tätschelte ihr den gesunden Arm und verschwand. Man brauche ihren Platz. Wegen Corona seien die Betten knapp und man wolle die Leute nicht länger als absolut nötig dabehalten. Nach nicht einmal 36 Stunden durfte ihre Mutter sie abholen.

Die Narbe sah noch schlimmer aus als beim ersten Mal. Die Haut entzündete sich. Wütend und rot leuchtete ihr Arm. Ihre Mutter brachte sie zum Arzt. Der verschrieb Antibiotika. Es half nichts. Er zog die Fäden, die sich nicht, wie versprochen, aufgelöst hatten. Es dauerte nur zehn Sekunden, aber die waren die reinste Folter. Bereits mit dem Fleisch verwachsene Fäden wurden aus der entzündeten, geschundenen, durch alle Schichten verletzten Haut gezogen. Frieda war erschöpft. Das Leiden strengte sie an. Tapfer sein wollen, nicht tapfer sein können, eine Versagerin sein – all das strengte sie an.

Sie war fast froh, dass sie immer noch in Kurzarbeit war. Sonst wäre sie schon wochenlang krankgeschrieben.

Ihre Mutter kochte für sie. Die Kollegen schickten ihr Blumen. Dean war besorgt. Felipe fragte, wann sie wieder in Frankfurt sei. Sie war nicht vergessen. Aber sie fühlte sich schlecht. Sie wollte nicht schwach sein. Sie wollte kein Opfer sein, um das sich andere kümmern mussten. Sie wollte selbstständig und frei sein, ihr Leben gestalten und verwalten. Sie war abhängig und doch im Grunde allein.

Ich will nach Hause, teilte sie ihrer Mutter mit.

Mädchen, was willst du denn da?

Allein sein.

Warum?

Sie zuckte die Schultern.

Dir geht's doch nicht gut. Ich helf dir mit den Übungen. Du musst üben.

Ich weiß. Ich kann das auch allein. Ich bin kein Kind mehr.

Ihre Mutter lächelte traurig.

Das hast du als Kind auch oft gesagt.

Fahr mich nach Frankfurt. Bitte.

Wenn du drauf bestehst. Du kannst ja jederzeit zurück.

*

Frankfurt

Frieda bekam, was sie wollte. Jetzt war sie allein. Sie konnte den ganzen Tag ihren eigenen Gedanken lauschen, niemand redete ihr herein, niemand riss sie heraus. Sie wollte sich gern öfter mit Felipe treffen. Aber der schickte nur Ausreden.

Ich kann nicht raus, ich weiß nicht, was ich meiner Freundin sagen soll. Außer einkaufen gibt's ja nichts zu tun.

Ich kann nicht mehr umziehen, im Moment. Es ist alles eingeschränkt, ich kann keine Wohnungen besichtigen, niemand kann mir beim Tragen helfen.

So blieb nicht viel. Kein Sport, keine Physio, kein Felipe. Keine Reisen, Shopping, Partys, Arbeit.

Ihre Bewegungen wurden langsamer, ihre Gedanken immer gleich. Ihre Angst, immer da. Nachts lag sie wach, müde von nichts, tagsüber sah sie Filme, aß und übte. Streckung, Beugung, Streckung, Beugung. Es war dröge, sie war träge, irgendwann hatte sie zu nichts mehr Lust. Wenn ich jetzt tun könnte, was ich wollte, wenn wir frei wären, was würde ich tun?

Sie wusste es nicht mehr. Sie hatte mal Elan gehabt, war von A nach B gejettet, hatte Ziele verfolgt, sich und Dinge bewegt. Heute fiel es ihr schon schwer, eine Nachricht auf dem Handy zu beantworten.

Wie geht es dir?

Wie sie diese Frage hasste. Dann dachte sie wieder nach. Und die Gedanken verschwanden im Nichts oder rannten gegen Wände, schlugen dumpf auf, hinterließen eine Delle im Hirn.

Ich weiß nicht, wie es mir geht. Und wenn ich es wüsste, wäre es schwer zu beschreiben.

So antwortete sie nichts. Zog sich lieber zurück. Es tat gut, so allein zu sein. Frei von jeder Verpflichtung, niemandem Rechenschaft schuldig. Irgendwann blieb sie nur noch im Bett. Selbst die Übungen wurden ihr lästig. Sie führte sie schlampig aus.

Wie geht's deinem Arm? schrieb ihre Mutter.

Als ob ihr Arm ein Eigenleben führte. Vielleicht war er nicht mehr ein Teil von ihr.

Es geht. Etwas besser.

Wieso gehst du nicht ans Telefon?

Ja, wieso? Keine Lust zu reden. Worüber auch? Sie hatte nichts zu erzählen. Frieda schwieg.

*

Die Wohnung war aufgeräumt und glänzte. Fast zwanghaft hielt Frieda Ordnung und Sauberkeit aufrecht. Während ihr Inneres haltlos, heillos verworren und düster aussah, half ihr der äußere Schein. Er hielt sie am Leben, strahlte irgendeinen Sinn aus. Sie atmete, um den Staub vom Regal zu wischen, sie schlug die Augen auf, um das Waschbecken zu polieren, sie aß und trank, um das Geschirr abzuspülen.

Felipe wollte vorbeikommen. Sie raffte sich auf, duschte, schminkte sich, zog sich an. Welch anderes Gefühl sie durchströmte! Die Jogginghose und den Schlabberpulli gegen schöne Unterwäsche und ein Kleid zu tauschen. Ihr Gesicht im Spiegel zu sehen, die Augen und Wangen betont, erinnerte sie an ein anderes Leben. Als sie Teil war von etwas, als die Tage gefüllt waren, als ständig etwas geschah, sie draußen unterwegs war, täglich, immer, in der Welt.

Jemand im Fernsehen hatte gesagt: In Zeiten von Corona muss man mit dem Kopf und dem Herzen reisen. Doch ihr Kopf und ihr Herz waren zu schwer, um zu fliegen.

Es kann wieder so werden, flüsterte etwas in ihr. Du bist niemand, sprach eine lautere Stimme. Angst stieg in ihr auf. Würde Felipe es spüren? Konnte man die Nutzlosigkeit fühlen? Hatte Einsamkeit einen Geruch? Schweißnass, ihre Hände. Der Atem, ganz flach. Sollte sie absagen? War sie bereit?

Unendlich erleichtert umarmte sie ihn. Als er da war, gut roch, schwermütig aussah.

Was ist los? fragte sie.

Es ist schwer, antwortete er. Ich bin so viel zu Haus. Aber mit meiner Ex ist es aus. Ich habe offiziell Schluss gemacht. Ich hab ihr von dir erzählt. Dort jetzt noch zu wohnen ist eine Qual.

Komm erst mal rein, sagte Frieda und zog ihn sanft an der Hand.

Willst du was trinken?

Ach, danke, aber nein.

Die Traurigkeit, die er verströmte, lag schwer in der Luft. Draußen war's sonnig.

Komm, wir gehen auf den Balkon.

Sie setzten sich auf die Stühle, atmeten den betäubenden Blütenduft. Frühling zog sein blaues Band, Pollen flogen überall.

Erzähl! forderte sie ihn auf.

Und er sprach. Zögernd und nach Worten ringend. Wie beschreiben, wie man sich fühlte? Am Ende einer Beziehung, gefangen in Gefühlen, zur Koexistenz verdammt, auf das Neue, Berauschende wartend, doch die Welt völlig gegen dich.

Und wie geht es dir?

Mir geht es gut.

Sie gingen rein. Beide verbunden in einem Kummer, trösteten sie sich mit der Gemeinsamkeit ihres sie trennenden Schmerzes.

Bald soll der Lockdown vorbei sein, sagte sie später.

Ja, das wäre gut. Ich muss unbedingt umziehen.

Es gibt Hoffnung, dachte sie bei sich. Der April schickte Wolken und es begann zu hageln.

Mist, wie komm ich jetzt heim? fragte Felipe. Sie mussten lachen.

Der April macht, was er will, meinte Frieda.

Das kenn ich, das Sprichwort. Felipe grinste.

Es stimmt, sagte Frieda. Bleib einfach noch hier.

Okay. Aber sie weiß, dass ich hier bin.

Frieda seufzte. Die Ex war bei ihnen. Ihre Trauer war auch hier, ihre Eifersucht.

Drei war einer zu viel. Sie sagte nichts.

*

Dean rief im Mai an. Der Lockdown ist bald vorbei. Wie geht es dir? Die Kurzarbeit gehe weiter. Aber wegen des Arms passe das doch gut.

Der Arm. Dieses fremde Stück Körper, das ihr Leben entschied. Sie wollte beweisen, dass er sie nicht definierte.

Ich back euch einen Kuchen und bring ihn vorbei, schlug Frieda vor.

Das wäre toll! Dean war begeistert.

Die Kollegen liebten ihren Käsekuchen. Es war ein neues Ziel. Ein Gefühl, etwas tun zu können. Etwas für andere. Sie würde rauskommen, das Büro sehen. Und die Kollegen sie. Merkte man ihr an, dass sie nicht mehr die Alte war? Ihr Elan fort, ihre Frische, ihre Verkaufskompetenz? Oder würde sie strahlen und ausstrahlen, dass sie noch da war, nur kurz mal weg, stärker als jemals zurück? Es war auf jeden Fall wichtig, sich zu zeigen, in Erinnerung zu bleiben. Ihre Probezeit war nun vorbei. Doch die Sorge blieb, überflüssig zu werden, überflüssig zu sein.

Die Nervosität machte sie fertig. Eigentlich war es ganz einfach: Zutaten kaufen, backen, sich anziehen, den Zug nehmen. Doch jeder Schritt fiel ihr schwer. Was sollte sie tragen, gab es überhaupt wieder Mehl, sollte sie schon einen Tag vorher backen, damit der Kuchen gut durchzog? Wieso war die Aufgabe so groß? Weil es die einzige war. Weil der Tag leer war und es nur diese eine Sache gab. Plötzlich wurde sie riesig, nahm den gesamten Raum ein. Eine Liste mit Zutaten schreiben, allein das bereitete ihr Angst. Was, wenn sie etwas vergaß? Als sie backte, wie sie es so oft getan hatte, ihren Standardkuchen, so oft geübt, musste sie sich zwischendurch setzen, bekam keine Luft. War das wieder eine Panikattacke?

Alles gelang, schwierig war aber das Umheben in die Transportbox. Noch einmal ein Panik-Schub, dann Erholung, bis morgen Ruhe. Sie schlief unruhig. Ging in Gedanken das Outfit durch, verwarf es, überlegte dann neu, checkte das Wetter, plante die Uhrzeit. Was sollte sie sagen, was die Kollegen fragen? Sie wälzte sich hin und her.

Dann kam der Morgen. Die Sonne schien. Keine Wolke am Himmel. Nicht zu warm wollte sie sich kleiden, sonst würde sie schwitzen. Nicht zu wenig durfte es sein, es war wechselhaftes Wetter angesagt. Noch einmal neu überlegen. Sie würde die Bahn noch verpassen. Schon war sie total gestresst. Ihr Herz raste. Zähne putzen, anziehen, schminken. Alles fiel schwer, kostete Kraft, Überwindung. Vielleicht lieber absagen, so sollte sie keiner sehen. Sie wäre nicht fit, könnte sie sagen. Und es stimmte. Sie fühlte sich schwach. Musste sich zwischendrin ausruhen. Checkte die Zeit, es würde die nächste Bahnverbindung werden. Nicht einmal Frühstück passte noch rein. Nicht von der Zeit her und nicht in den Bauch. Der war voll, voll von Gegrummel. Ihr war schlecht.

Die Handtasche packen war ein langwieriger Akt. Immer fiel ihr etwas Neues ein. Desinfektionsgel, Taschentücher, Wasser, Maske, Kaugummi. Sie war es nicht mehr gewohnt, jeden Tag rauszugehen. Nach all der Zeit war sie wieder blutige Anfängerin. Die Schuhe an und endlich fertig, ein Marathon lag schon hinter ihr. Und noch viel vor ihr, der Gang zur U-Bahn, umsteigen, S-Bahn, dann Laufen, der Bus. Ungewohnt war es, in High Heels vom Flur in die Küche, jetzt nur noch den Kuchen holen. Schweißnass war die Hand, die die Griffe der Kuchenbox hielt.

Lass ihn nicht fallen, ermahnte sie sich selbst. Ging langsam die Treppe nach unten, umklammerte Tasche und Box regelrecht. Sie öffnete die schwere Haustür, sog die Luft und die Helligkeit ein, hielt die Box nur noch unter dem Arm, um mit der Hand die Tür zu stemmen, trat nach draußen – und *bum*.

Der Kuchen lag am Boden. Aber nicht irgendwie. Zerbrochen in drei, vielleicht vier Teile, das weiche Innenleben, die Quarkfüllung verteilt, der Boxdeckel mit Riss, ein hässlicher Anblick, ein Bild ihrer selbst. Sie sah an sich runter, sah alles genau, nahm das Handy und schoss ein Foto. Ich schicke es Dean, dachte sie. Ich zeige ihm, dass ich es wirklich gewollt habe. Aber ich konnte es nicht. Es war ganz einfach. Es war keine große Sache. Aber für mich war es alles. Es war der Beweis, dass ich noch etwas kann. Dass ich in etwas gut bin. Dass ich nützlich bin. Dass ich in mein altes Leben zurückkann, irgendwann, hoffentlich bald. Dass ich es schaffe.

If only you set your mind on it.

Aber ich konnte es nicht. Ich bin nicht gut. Ich bin nicht nützlich. Ich kann nie wieder zurück. Ich bin kaputt, farblos, faul, alt. Wie ein Apfel verschrumpelt, ich bin raus.

Wie diesen Schlamassel beseitigen? Notdürftig hob sie die größten Teile vom Asphalt auf. Ein Nachbar kam aus der Haustür.

Oh. Oh nein, der schöne Kuchen! rief er mitleidig.

Ja, wirklich doof.

Sie wollte verschwinden. Im Erdboden versinken.

Der Nachbar eilte weiter. Musste sicher irgendwohin. Sie blieb zurück. Mühsam die Treppen hoch, mit Tränen in den Augen die Schuhe aus, sie wollte nicht wieder nach Hause. Doch wo sollte sie hin? Mit einem zerbrochenen Kuchen, wo sollte sie da hin?

Sie nahm etwas Küchenrolle, noch mal barfuß nach unten, hoffentlich kam diesmal niemand. Musste den Rest von der Straße kratzen und säubern, ein Schandfleck vor ihrer Tür. Wieder die Treppen, sie zog sich am Geländer hoch. Wie damals in Köln, mit letzter Kraft. Ich habe versagt, schoss es ihr durch den Kopf. Ich war damals eine Versagerin. Ich bin es heute. Der Rest war Illusion. Am Ende bin ich ein Schwächling. Lass mich unterkriegen von Kleinigkeiten. Stolper über meine eigenen Fehler. Kann mich nicht anpassen. Von wegen Chamäleon. Jede Unwegsamkeit, jede noch so kleine Hürde, versetzt mich in Angst. Glaub nicht an mich selbst. Warum auch, wofür? Hab nichts erreicht, dafür eine Beziehung zerstört. Für meine Freunde, für meine Familie, für die Gesellschaft bin ich eine Last. Für eine Frau bin ich die andere. Für Felipe noch immer, mal ehrlich gesagt, nichts. Ohne mich wäre er besser dran, sie allemal. Meine Freunde, sie wären schockiert. Aber schon ganz schnell würden sie mich vergessen, wie eine Randnotiz ihres Lebens. Meine Mutter – die nicht. Kann ich ihr das antun? Wär ihre Mutter bloß tot, dann wär sie endlich frei.

Ihre Mutter ... Unfrei waren ihre Mütter und Großmütter gewesen, Gefangene ihrer Zeit, gefesselt an den Herd, geknechtet in Diktaturen. Alles hatten sie überwunden, auferstanden aus Ruinen, Fesseln gesprengt und nun war sie hier. Und wozu? Doch wieder beschränkt in ihren Möglichkeiten. Grenzen wieder geschlossen, ihre Validierung immer noch bei einem

Mann suchend. Sie wurde dem Weg nicht gerecht, der ihr geebnet worden war. Die Welt wurde dem nicht gerecht, was mühsam erreicht worden war durch Kriege, durch Frieden, Kompromisse und Dialog. Alles lief rückwärts. Europa brach auseinander, die Welt schottete sich ab.

Frieda zog alles aus, aß ein paar Gabeln des vermasselten Kuchens. Er schmeckte, doch das Auge aß mit, das Herz empfand keine Freude. Im Pyjama ging sie ins Bad, holte den Schuhkarton mit den Tabletten aus dem Schrank. Suchte alles, was ging: Paracetamol, Ibuprofen, die starken Sachen von direkt nach der OP. Man konnte Schmerz durchaus betäuben, aber unterschwellig war er doch immer da. Fraß sich von innen durch die Nerven und Muskeln, saß in den Knochen wie ein schwerer Schock. Doch wenn man ganz viel von dem Zeug nahm, wirklich alles, was sie hier hatte, war er vielleicht weg. Sie vielleicht auch. Mit den Tabletten saß sie am Badewannenrand. War müde, Entscheidungen raubten immer viel Kraft.

Ich muss mich hinlegen, schlafen. Ich nehm nur ein paar. Sie holte Wasser, kroch wieder ins Bett. Nahm ein paar Pillen. Zum Sterben zu wenig und zum Leben zu viel.

KAPITEL 10

Ende Mai 2020
DIE GEDANKEN SIND FREI

Frankfurt

Steinschwer war die Nacht. Wasserlos weinte der Himmel, blütenlos lag die Erde da.

Gitterstäbe vor Friedas Fenster, sie warf Pillen durch die Lücken hindurch. Niemals würde sie sich zwingen lassen. Sie war von Gott und der Welt verlassen. Das Einzige, was sie am Leben gehalten hatte, war ihre Mutter. Und die hatte sie verraten. Hierhergebracht, in die Psychiatrie. Sie sei depressiv, eine Gefährdung für sich selbst. Wieso war das ein Problem? Wieso war sie nicht frei, den Freitod zu wählen? Wieso wollte man sie mit Tabletten davon abhalten, mit Schranken und verschlossenen Türen?

Sie berührte die Stäbe, hielt zwei mit beiden Händen fest, spürte das Metall auf ihrer Haut. Nie hätte sie gedacht, dass sie jemals in so eine Lage geraten würde. Gefangen, fremdbestimmt, wortwörtlich eingesperrt. Was, wenn sie die Gitter zerreißen könnte? Dahinter der Hof, noch ein Gebäude, der Main. Kein Flugzeug am Himmel. Alle trugen jetzt Maske. Jedes Lächeln nun im Verborgenen. Was waren das für Zeiten? Sie wollte auch

dort nicht hin, sie wollte einfach nicht mehr sein. Plötzlich kam ihr ein altes deutsches Volkslied in den Sinn:

Die Gedanken sind frei!
Wer kann sie erraten?
Sie fliehen vorbei
wie nächtliche Schatten.
Kein Mensch kann sie wissen,
kein Jäger erschießen,
es bleibet dabei:
Die Gedanken sind frei!

Ich denke, was ich will
und was mich beglücket,
doch alles in der Still
und wie es sich schicket.
Mein Wunsch und Begehren
kann niemand verwehren,
es bleibet dabei:
Die Gedanken sind frei!

Und sperrt man mich ein
im finsteren Kerker,
das alles sind rein
vergebliche Werke.
Denn meine Gedanken
zerreißen die Schranken
und Mauern entzwei:
Die Gedanken sind frei!

Sie musste lächeln. Es war ein Lieblingslied ihrer Kindheit, in der man sie gelehrt hatte: Glaube, Liebe, Hoffnung, diese drei. Doch die Liebe ist die Größte unter ihnen.

Sie glaubte an nichts mehr. Wem sollte man trauen? Fake News, fake filter. Hatte Bush die Twin Towers gesprengt, hatte China das Virus absichtlich gestreut oder die Russen? Waren Kohlenhydrate nun böse oder war es doch das Fett? Die Welt war verwirrend, man konnte nichts glauben.

Und was die Liebe anging: Sie empfand keine, nicht einmal für sich. Felipe war nur eine Sehnsucht nach Nähe, Verbundenheit, Heimat. Ihre Mutter, für die hatte sie nur Wut.

Hoffnung, die starb zuletzt. War ihre Hoffnung tot? Was waren ihr Wunsch und ihr Begehren? Vergiss Glaube, Liebe, Hoffnung.

Freiheit.

Freiheit ist die Größte unter ihnen.

Ich will frei sein. Frei. In den verdammten Zeiten von Corona.

*

Ein Gedanke kann ein Funken sein, der ein Feuer entfacht. Die Leere war solch einem Feuer gewichen. Einem wütenden Feuer, das sich auflehnte gegen den Zwang und die Fesseln, das loderte und lechzte.

Frieda tat alles, um entlassen zu werden, ließ die

Gespräche mit dem Arzt, mit dem Oberarzt über sich ergehen. Die ewige Frage nach dem Warum. Unterzeichnete die Entlassungspapiere: gegen den ärztlichen Rat. Ihre Mutter war hier, bat die Ärzte, sie dazubehalten. Gab es denn nichts, was man tun könne? Nein, nicht gegen ihren Willen.

Frieda sagte brav, sie werde sich nichts antun. Die Gedanken sind frei.

*

Vor der Tür der Klinik ließ Frieda ihre Mutter einfach stehen und lief zur Bahn. Sie hörte ihr Rufen, es klang verzweifelt. Der Klang ihrer Stimme traf einen Nerv, etwas begann in ihr zu schwingen, doch das Feuer übertönte alles, tosend und mit heiligem Zorn. Sie fuhr nach Hause, doch wie war sie es leid. Diese Treppe, diese Wohnung, dieses Haus. Selbst der Baum war ihr über, seine sattgrünen Blätter. Alles neu macht der Mai. Der Geruch nach vollständiger Leere, der Klang tiefer Einsamkeit. Sie wollte nicht mehr im Bett liegen, doch warf sich direkt hinein. Sie wollte das alles nicht fühlen. Sie wollte nicht, dass es wahr war. Wie hatte sie alles verloren? Wie war das so schnell geschehen? Vielleicht war sie schon mit einem Defekt geboren, vielleicht war es nicht ihre Schuld. Ihr Handy war ihr einziger Halt. Es gab Leben dort, Laute und Bilder. Ein Fenster zur Welt, das sie müde machte und zu dem sie doch immer wieder griff.

Stunden und Tage lag sie so da. Ab und zu klingelte es. Das Handy vibrierte. Flehende Texte ihrer Mutter. Nachrichten von Marie, Lisa, Mara, Gael und Felipe.

Gael wollte wissen: *Was ist los? Melde dich mal.*

Deine Mutter hat es mir erzählt. Kann ich vorbeikommen? fragte Marie.

Von Lisa kam: *Was machst du für Sachen?*

Und Mara schrieb: *Wie läuft's bei dir? Bei mir alles super. Der neue Job macht mega Spaß. Vielleicht können wir uns bald endlich mal wieder sehen. Melde dich, treulose Tomate.*

Die Nachrichten ihrer Mutter öffnete Frieda nicht einmal.

Von Mara wollte sie nichts wissen. Leute, denen es gut ging, stießen sie ab. Im direkten Vergleich machte es ihr eigenes Elend nur größer. Lisas und Gaels Fragen waren zu offen, Maries viel zu konkret.

Felipe textete: *Hi, ich bin ausgezogen!*

Er schickte einen Standort. Sie öffnete ihn.

150 Meter entfernt.

Wir sind Nachbarn! schrieb er.

Sie war ordentlich überrascht. Setzte sich etwas aufrechter ins Bett. Wie war das möglich?

Wow! antwortete sie und meinte es auch so.

Nur … wow? tippte Felipe zurück.

Ich hab keine Worte, schrieb Frieda.

Er schickte ihr einen Link zu einem Lied, von Tim Bendzko.

Wenn Worte meine Sprache wär'n,
Ich hätt' dir schon gesagt
In all den schönen Worten
Wie viel mir an dir lag.
Ich kann dich nur ansehn
Weil ich dich wie eine Königin verehr,
Doch ich kann nicht auf dich zugehn,
Weil meine Angst den Weg versperrt.
Mir fehlen die Worte, ich
Hab die Worte nicht,
Dir zu sagen, was ich fühl.
Ich bin ohne Worte, ich
Finde die Worte nicht
Ich hab keine Worte für dich.
Wenn Worte meine Sprache wär'n,
Ich hätt dir schon gesagt,
Wie gern ich an deiner Seite wär,
Denn du bist alles, alles, was ich hab.
Ich kann verstehen, dass es dir nicht leichtfällt.
Du kannst nicht hinter die Mauer sehen.
Aber ich begreife nicht, dass es dich so kaltlässt,
Dir kann der Himmel auf Erden entgehen.
Du bist die Erinnerung an Leichtigkeit,
Die ich noch nicht gefunden hab.
Der erste Sonnenstrahl
Nach langem Regen.
Die, die mich zurückholt,
Wenn ich mich verloren hab.
Und wenn alles leis' ist, dann ist deine Stimme da.

Das wütende Feuer in Frieda erlosch. Eine sanfte Flamme leckte an ihrem verwundeten Herz. Die Geigenklänge streichelten ihre Seele. Die Worte, diese Worte ... Sie war etwas für jemanden. Sie war mehr für ihn, als sie gedacht hatte. Sie war die Leichtigkeit, sie war die Königin, sie war sein Sonnenstrahl. Wie konnte er das sehen, wo nur Schwere, eine Sklavin ihrer selbst und Dunkelheit waren? Tränen brachen sich Bahn. Was war denn wahr? War sie Licht oder Schatten? Gab es noch ein Leben für sie? Schuldete sie ihm das nicht? Er war für sie ausgezogen. Es war doch für sie.

150 Meter!

Sie stand auf.

KAPITEL 11

Juni 2020
SEI GETREU BIS IN DEN TOD

Frankfurt

Es war merkwürdig, wieder auf den eigenen Beinen zu stehen. Ungewohnt, sich anzuziehen und zu schminken. Jede Bewegung versprach, einem Zweck zu folgen. Frieda wollte zu Felipe.

Als sie nach unten ging, atmete sie schneller, war nervös, spürte das Aufwallen eines Panikanflugs. Draußen waren Menschen, die sie sahen, waren Augen, die beobachteten, Urteile und Verurteilungen. Draußen, so sollte sie feststellen, war aber noch mehr, auf das sie nicht vorbereitet war. Auf einem Klappstuhl in der Hofeinfahrt. Mit Sonnenbrille, Buch und Hut.

Ihre Mutter sah hoch, als die Tür aufging, und sprang auf, als sie die Tochter sah.

Was machst du hier? fragte Frieda leise.

Ich warte auf dich!

Seit wann?

Seit drei Tagen.

Warum?

Traurig neigte ihre Mutter den Kopf zur Seite. Ihre Augen waren von der Sonnenbrille verborgen.

Du bist nicht rangegangen, wenn ich geklingelt habe, und hast meine Nachrichten nicht beantwortet.

Frieda schwieg.

Ihre Mutter wartete.

Ich muss los, sagte Frieda schließlich.

Okay. Wo gehst du denn hin?

Das geht dich nichts an. Lass mich in Ruhe.

Ohne Gruß lief Frieda davon. Tränen traten ihr in die Augen. Sie drehte sich nicht mehr um. Sie wusste, sie brach ihrer Mutter das Herz. Die machte sich Sorgen. Aber sie hätte sie eben niemals an diesen Ort bringen und einsperren lassen dürfen!

Frieda! hörte sie die Mutter rufen.

Sie beschleunigte ihre Schritte.

Frieda! Solang es dir gut geht! Meld dich nur bitte. Wenigstens einmal am Tag. Dann bin ich beruhigt.

Okay, rief Frieda, ohne zurückzublicken. Sie würde es tun.

*

Frieda lief ziellos umher, bis sie sicher war, dass ihre Mutter fort war. Dann ging sie zu Felipes Haus. Ihr Herz klopfte. Sein Name stand schon an der Tür, notdürftig auf einen Aufkleber gekritzelt.

Er sah schlecht aus. Nahm sie fest in den Arm. Sie schliefen miteinander, dann lagen sie Arm in Arm da.

Es war hart, sagte er schließlich. Ich habe nichts mitgenommen, nur ein paar Klamotten. Aber ich musste gehen.

Frieda schwieg. Sie mochte nicht darüber nachdenken. Aber er schien es loswerden zu müssen. Sprach immer weiter. Klagte ihr sein Leid und das seiner Ex.

Und was ist mit mir? schoss es ihr durch den Kopf. Er fragt nie, wie es mir geht.

Alles drehte sich nur um ihn. Er suchte Trost, Zuflucht bei ihr. Wenn er nur fragen würde, wenn er sie richtig ansehen würde, vielleicht wüsste er dann, dass sie selbst verloren war. Traurig, gefangen wie er. Vielleicht zog sie ihn deshalb an, vielleicht weil sie ihn verstand, weil er sich verstanden fühlte, ganz unbewusst.

Sie schliefen gemeinsam ein, mitten am Tag. War es Wochenende? Musste wohl so sein.

*

Am nächsten Tag klingelte es. Frieda schrak aus dem Bett hoch. Sie war zu Hause, war irgendwann im Morgengrauen von Felipe weggegangen.

Hallo?

Ich bin's, sagte ihre Mutter.

Sie öffnete.

Was willst du?

Mit dir reden. Können wir uns setzen?

Okay.

Bekomm ich einen Kaffee?

Ja.

Frieda ging in die Küche, holte die goldene French Press vom Regal. Lang nicht benutzt.

Mit zwei Tassen Kaffee saßen sie schließlich im Wohnzimmer, jeder auf einer der beiden kleinen Couches.

Ich würde gern mit dir zum Arzt, Frieda.

Nein.

Hör zu, es geht nur darum, organische Probleme auszuschließen.

Warum sollte ich dir noch trauen?

Es tut mir leid, Frieda.

Ihre Mutter begann zu weinen. Frieda schluckte schwer. Es tat ihr weh, sie so zu sehen. Das hatte sie auch nicht gewollt. Wut und Liebe kämpften einen bitteren Kampf in ihr.

Ich wollte dir nicht schaden. Ich wollte dir helfen. Aber ich wusste nicht, was zu tun ist. Jetzt bin ich informiert.

Informiert?

Ich habe mich eingelesen bezüglich … Sie zögerte. Depressionen.

Okay.

Das sah ihrer Mutter ähnlich, jedes Problem akademisch angehen.

Ja, die Ärzte der Uniklinik sagen, du bist schwer depressiv. Du brauchst wirklich Hilfe. Aber natürlich machen wir nichts, was du nicht willst.

Gut. Ich will nichts.

Frieda!

Ich will meine Ruhe.

Lass uns doch erst mal den Bluttest machen. Mehr will ich doch nicht.

Frieda neigte den Kopf zur Seite. Ich glaube dir nicht.

Bitte, Frieda. Vertrau mir.

Na gut.

Danke! Ich mache einen Termin. Ich geh mit dir hin.

Noch was?

Ihre Mutter kniff den Mund zusammen.

Für heute nicht. Sie stand auf.

Halt, doch! Sie zog ein Buch aus der Tasche.

Das hab ich die letzten Tage gelesen. Ist wirklich nett. Du hast doch auch immer so gern gelesen als Kind. Hier, schenke ich dir.

Frieda las Titel und Klappentext. *Der Apfelsammler.* Roman. *Liebesgeschichte auf dem italienischen Land.* Bla, bla, bla.

Mir ist nicht danach, sagte sie.

Ihre Mutter legte das Buch auf den Tisch und ging zur Tür.

Tschüss, mein Mädchen, ich melde mich.

Okay.

Meld dich bitte täglich. Und lies!

Tschüss, Mama.

Ihre Mutter lächelte.

Tschüss.

*

Frieda setzte sich auf den Balkon und begann zu lesen. Die Worte klangen belanglos, die Geschichte plätscherte zögerlich vor sich hin. In den Ästen des Baums raschelte der Wind. Langeweile und Schwermütigkeit lag in der Luft. Doch es war etwas zu tun. Statt nur im Bett zu liegen, die Gedanken kreisen zu lassen um sich selbst stunden- und tagelang. Nun war ihr Geist gebunden, geankert in den wohlgeformten Sätzen des Romans, wurde ruhiger, geerdet. Fast wie während einer Pause durfte sich ihr Kopf erholen, von der bleiernen Schwerstarbeit einer tiefen Depression. Von nun an hatte sie Ziele. Täglich ein bisschen lesen. Täglich Felipe sehen. Das eine war langweilig und sinnlos, das andere traurig und schwer. Das eine erinnerte sie an früher, als sie die trostlosen Sommerferienwochen mit Büchern und noch mehr Büchern lebendig hatte werden lassen. Das andere war eine Hoffnung auf Zukunft. Und beides hielt sie im Hier und Jetzt, ließ sie ausbrechen aus dem Kerker, der ihre Wohnung geworden war. Ließ sie reisen. In eine andere Welt und ein anderes Leben. War ein Fenster, durch das zu schauen sich wenigstens lohnte.

*

Der Tag kam, an dem Friedas Mutter sie abholte. Sie fuhren zu einer Arztpraxis in ihrer Heimat. Der Arzt stellte ihr Fragen, nahm ihr Blut ab. Allein werden Sie da nicht rauskommen, sagte er. Stellen Sie es sich so vor: Sie befinden sich in einer tiefen Grube, ohne Leiter, kein Seil. Wie wollen Sie da allein rauskommen? Sie brauchen also Hilfe. Antidepressiva sind so eine Hilfe. Ich empfehle Ihnen, gleich anzufangen, unabhängig von den Blutergebnissen. Denn es dauert etwas, bis die Tabletten anschlagen.

Was ist mit Nebenwirkungen?

Die kann es schon manchmal geben. Gewichtszunahme zum Beispiel. Aber die positiven Effekte überwiegen die negativen.

Ich muss drüber nachdenken.

Natürlich. Aber ich sage Ihnen, das Problem ist, dass Sie zu viel nachdenken. Und jeder Tag ohne Hilfe lässt Sie tiefer in die Grube sinken, und umso länger dauert es, Sie da wieder rauszuholen.

Wann sind die Laborergebnisse da?

In zwei Tagen. Ich rufe Sie an. Dann entscheiden wir. Abgemacht?

Okay.

Frieda hatte sich schon entschieden. Sie traute dem Arzt nicht. Er machte ihr zu viel Druck. Und den Tabletten traute sie auch nicht. Sie griffen ein, in ihren Kopf. Manipulierten sie. Vielleicht war sie dann nicht mehr sie selbst.

Wieder zu Hause, recherchierte sie im Netz über Antidepressiva. Es überzeugte sie nicht. Aber die Recherche brachte sie zu anderen Artikeln. Was sollte man tun, um sich selbst zu befreien oder eine psychotherapeutische und medikamentöse Therapie zu unterstützen? Bewegung, Meditation, Dankbarkeit, Journaling. Die Liste war lang. Es klang nach harter Arbeit. Arbeit, für die sie keine Kraft hatte.

*

Nach zwei Tagen kam das Ergebnis. Ihre Entzündungswerte waren erhöht. Sonst alles in Ordnung, wahrscheinlich noch eine Folge der OP. Das sollte abklingen. Die Frage war, ob sie die Antidepressiva nun nehmen wolle.

Nein, danke.

Mal wieder gegen den ärztlichen Rat.

Ihr Arm tat noch immer weh. An manchen Tagen nahm sie Schmerzmittel, an guten Tagen nicht. Sie rief bei der Physiotherapie-Praxis an und fragte nach neuen Terminen. Der Lockdown war vorbei, auch sie durfte wieder behandelt werden. Sie bekam einen Termin in drei Wochen. Ein Anfang, immerhin. Selbstwirksamkeit, auch das hatte sie gelesen. Sie fühlte sich gut, denn sie hatte etwas getan, für sich selbst. Damit es ihr besser ginge in der Zeit, die man Zukunft nannte.

*

Täglich besuchte Frieda Felipe. Seine Wohnung war kleiner und dunkler als ihre, aber er bat sie zu kommen, sie hatte ja frei. Er war im Homeoffice, die Wohnung ein Chaos.

Abends half Frieda ihm, alles zu richten. Wusch dreckiges Geschirr, sortierte die Wäsche, putzte das Klo. Er sagte: Du musst das nicht machen. Sie sagte: Ich will aber.

Es gab ihr das Gefühl, gebraucht zu werden. Auch das hatte sie gelesen. Anderen zu helfen half einem selbst. Sich nützlich zu fühlen, leben zu wollen. Sie wusste, es gab genug Leute, die Hilfe brauchten. Sie konnte doch eigentlich viel tun.

Ihre Mutter half Flüchtlingskindern bei den Hausaufgaben. Doch sie selbst fühlte sich nicht stark genug. Den Alltag bewältigen, ihren Arm beugen und strecken, etwas lesen, für Felipe da sein, mehr schaffte sie nicht. Es verlangte ihr alles ab.

Manchmal brauchte sie Stunden, um überhaupt aufzustehen. Man solle sein Bett machen, gleich morgens. Das gäbe einem ein gutes Gefühl. Selbstwirksamkeit. Wieder dieses Wort. Sie machte ihr Bett. Doch es war manchmal zehn, manchmal elf Uhr. Und dann war immer noch viel Tag übrig, der sich leer vor ihr erstreckte, bis sie zu Felipe ging.

Du musst deine Freundinnen treffen. Unternehmt was, du hast doch jetzt Zeit, sagte ihre Mutter.

Sie rief Gael an. Es tat gut, sie zu sehen. Sie kam sofort vorbei.

Was ist passiert? fragte Gael.

Ich will nicht darüber reden, antwortete Frieda.

Wie sollte sie es erklären? Warum war das alles passiert?

Weil sie sich wie eine Versagerin fühlte. Nutzlos und kraftlos. In ihren besten Jahren war sie, doch nichts als eine Bürde. Für ihre Mutter, die Gesellschaft, das Gesundheitssystem. Sie leistete nichts, bekam aber noch immer Kurzarbeitergeld. Sie sollte stark und gesund sein, brauchte jedoch Physiotherapie. Und einen Mann sollte sie haben, ein Leben aufbauen, eine Basis bilden, für ihre Zukunft, die nächste Generation. Doch der Mann, auf den sie sich eingeschossen hatte, verleitet durch eine blinde Vision, war gebrochen. Ihre Beziehung gegründet auf Lüge, Betrug und Verrat. Ihre Begegnungen getränkt von einer ständigen Schuld. Doch ohne ihn hätte sie gar nichts. Sie brauchte ihn. Er war die Bestätigung, dass ihr Mantra wahr war: *If only you set your mind on it*. Ohne ihn wäre alles verloren. Nicht einmal einen Kuchen konnte sie backen oder eine einfache Tasche packen. Sie hatte Angst, vor die Tür zu gehen, Menschen zu sehen. Die, die geschäftig und ernsthaft oder fröhlich und lebendig ihren Tätigkeiten und ihren Vergnügungen nachgingen, führten ihr ihre eigene Minderwertigkeit vor Augen. Die anderen, die vom Leben gebeutelt in den Ecken saßen, die stanken, bettelten, tranken, erinnerten sie an das unendliche Leid der Welt.

Noch vor Kurzem hatte sie zu Ersteren gehört und verstand heute plötzlich, wie man zu Letzteren wurde. Die Welt machte ihr Angst.

Willst du nicht mit jemand Professionellem darüber reden? fragte Gael.

Nein, erwiderte Frieda schlicht. Sie hatte die Gespräche mit den Ärzten gehasst. All diese quälenden Fragen. Fremden erklären, was sie selbst nicht verstand. Fremden, die sie nicht kannten, ihr Leben, ihre Umstände. All das zu beschreiben, wie mühsam war das! Und am Ende verstanden sie einen doch nicht. Niemand konnte einen anderen jemals völlig verstehen. Schon gar nicht ein Fremder.

Dann hab ich nur noch einen Tipp, sagte Gael. Ich schreib jeden Abend drei Dinge auf, für die ich dankbar bin. Probier's mal aus.

Sie gab Frieda ein kleines Buch. Es war rosa, biegsamer Einband. In goldener Schrift stand darauf: *Notizen*. Frieda schlug es auf. Leere Zeilen auf jeder Seite. Die sie anlächelten, baten, gefüllt zu werden.

Danke, sagte Frieda. Sie war gerührt. Sie wollte gern mehr sagen, sich der Freundin öffnen, doch der Kloß im Hals verschloss ihren Sprachkanal.

Lass uns zum See fahren, schlug Gael vor.

Ich weiß nicht, sagte Frieda.

Überleg's dir, meinte Gael und gab ihr einen Kuss auf die Wange. Ich halte mir den Samstag frei!

Nein, lieber nicht, wollte Frieda schon abwinken. Aber Gael war bereits fort. Radelte winkend unter Friedas Balkon davon.

Geh nicht weg, dachte Frieda, bleib einfach für immer hier. Der Abschied tat weh. Warum, wusste sie nicht. Sie wollte allein sein und doch irgendwie nicht.

*

Ich mach jetzt eine Therapie, sagte Felipe.

Hand in Hand gingen sie spazieren, hielten sich aneinander fest..

Oh, sagte Frieda.

Ich fühl so viel Schuld. Ich fühl mich so schuldig, weil ich meine Ex verlassen habe. Wir wollten bald heiraten, Kinder bekommen. Jetzt muss sie ganz von vorn anfangen. Ich auch. Aber ich hab dich. Es ist gar nicht fair. Ich komm nicht klar mit der Schuld.

Verstehe.

Ich fühle mich auch schuldig, dich ihr weggenommen zu haben, dachte Frieda, sprach es aber nicht aus.

Hilft die Therapie? erkundigte sie sich stattdessen.

Ich hab erst angefangen, eine Sitzung bisher. Alles online. Nicht gerade ideal. Aber mal sehen.

Ich denke, das ist gut, sagte Frieda. Sie fand es gut. Wenn es Felipe half, würde es auch ihr besser gehen. Wenn seine Traurigkeit ging, Platz für Leichtigkeit machte, würde auch sie aufatmen können. Sie selbst wollte keine Therapie. Aber das hieß nicht, dass es für andere nicht gut war. Jeder musste seinen Weg finden. Es gab keine Einheitslösung für die Mannigfaltigkeit menschlicher Abgründe. Die Facetten der geistigen Qualen waren so vielfältig wie die schwierigen Wege zurück ins Licht. Und wenn sie eines noch lernen sollte, dann war es das: Der Weg führte nicht nur geradeaus. Er führte nicht einmal nur stetig nach vorn. Es war ein Kraftakt, ein Leben lang. Man scheiterte, ja, man versagte. Aber nur wenn man aufgab, verlor man das Leben. Solange man es versuchte, war man dabei. Dabei sein ist alles – wie bei den Olympischen Spielen. Oder wie ihr Konfirmationsspruch es ausdrückte: Sei getreu bis in den Tod, so will ich dir die Krone des Lebens geben.

Jeder wusste, dass man an Kronen schwer trug. Doch ihre Last war so süß wie die Macht, die sie verströmten. Das Leben war schwer und es war mächtig. Es konnte überwältigend sein. Doch nur mit erhobenem Kopf ließ sich eine Krone tragen. Sie wusste es jetzt nur noch nicht, hatte es vielleicht aber schon damals, als sie den Spruch mit vierzehn ausgewählt hatte, geahnt.

KAPITEL 12

Ende Juni 2020
OM MANI PADME HUM

Frankfurt

*D*er *Apfelsammler* war ausgelesen. Die Physiotherapie begann. Es waren schmerzhafte zwanzig Minuten, doch es tat Frieda gut, dass jemand sich ihrer annahm, den Arm berührte und führte.

In ihrem Notizbuch stand:

Dankbar für: Blumen in Vorgärten, Felipe kocht leckeres Abendessen, Physiotherapie.

So dunkel ihre Gedanken oft waren, so antriebslos sie sich meist fühlte, es half, nachzudenken, was auch schön war im Leben. Es half, mit offenen Sinnen durch ihren Tag zu gehen, die Dinge mit neuen Augen zu sehen. Das Eis an der Ecke, Felipes Kompliment, der Klang der Kirchglocken, sich einfach darüber freuen.

Am Abend erzählte ihr Felipe von seiner Therapie. Meine Therapeutin schlägt vor, dass ich meditiere.

Ja, das hab ich auch oft gelesen, dass das gut sein soll, sagte Frieda.

Wollen wir es zusammen ausprobieren?

Ja, wieso nicht?

Okay. Ich suche noch nach einer guten App, einem Video bei YouTube oder einem Kurs, irgendwas. Kannst du helfen? Du hast doch Zeit.

Ja, ich such morgen mal.

Danke.

Er gab ihr einen Kuss.

*

Am nächsten Tag begann Frieda ihre Recherche. Im Moment fand fast alles in der Welt online statt, Präsenzkurse gab es keine, sie stöberte direkt bei YouTube. Es gab so viel Angebot, sie ließ ein Video spielen, ihre Gedanken tanzten dabei wild umher. Die Angst zu versagen war sofort wieder da, die gesprochenen Anleitungen irritierten sie. Nach einiger Zeit gab sie frustriert auf und scrollte durch Instagram. An einem Bild blieb sie hängen. Eine buddhistische Stupa, weiß, von bunten Wimpeln umgeben, das Sonnenlicht vervielfacht in der goldenen Spitze, im Hintergrund, unten, das weite Meer. Sie klickte aufs Bild, es war von ihrer Uni-Kommilitonin, Lucija.

Peace to all beings, stand dort.

Lucija war doch Buddhistin, oder? Sie und ihre Schwester hatten mit ihr ostasiatische Geschichte studiert, die beiden waren immer zusammen gewesen, nach den Vorlesungen schnell verschwunden, selten kam man ins Gespräch. Doch sie hatten ein paar Mal zusammen gelernt, gemeinsam Hausarbeiten geschrieben, Referate vorbereitet und in der Mensa gegessen. Da hatten sie ihr ihre Geschichte erzählt.

Lucija, die sich nur Lu nannte, und Anastazja, die alle Ana riefen, stammten aus Polen. Ihre Eltern waren Buddhisten und stark für ihre Religion engagiert. Sie waren oft in der Welt unterwegs – vor Corona –, immer im Auftrag des Diamantenen Wegs. Wie es ihnen wohl inzwischen ergangen war? Nach Friedas Wegzug aus Köln hatte sie keinen Kontakt mehr gehabt. Vielleicht war es Zufall, dass sie dieses Bild jetzt gerade sah, vielleicht war ihre Aufmerksamkeit aber im Moment auch für solche Inhalte geschärft. Sie beschloss, Lu einfach zu schreiben. Vielleicht hatte sie Tipps bezüglich Meditation.

Es war nur ein kleines *Hallo, wie geht's?*, das sie in die virtuelle Welt hinaussandte. Nie hätte sie gedacht, welche Reise damit begann.

*

Ich möchte nach Spanien fliegen, erklärte Frieda beim Abendessen zwischen zwei Bissen.

Erstaunt hob Felipe die Augenbrauen und wartete, dass sie weitersprach.

Zwei Kommilitoninnen von mir sind in die Nähe von Málaga gezogen. Ihre Eltern haben dort ein buddhistisches Zentrum aufgebaut. Sie haben mich eingeladen, mir das mal anzuschauen. Ich glaube, es wäre interessant.

Du willst allein fahren? fragte Felipe.

Ja, na ja, ich dachte, du arbeitest ja.

Hmmm, machte Felipe.

Was heißt, hmmm? wollte Frieda wissen.

Ich weiß nicht, ich hätte mich gefreut, wenn du wenigstens gefragt hättest, ob ich mitwill. Die ganze Sache mit der Meditation war meine Idee. Und plötzlich willst du allein in ein buddhistisches Zentrum fahren? Ich bin einfach etwas überrascht.

Überrascht oder enttäuscht?

Vielleicht etwas enttäuscht. Du weißt, dass ich Probleme habe. Ich bin extra für dich ausgezogen. Und jetzt lässt du mich allein.

Frieda seufzte. Wieder einmal kam Felipe nicht in den Sinn, dass auch sie Probleme haben könnte.

Mir geht es auch nicht besonders gut. Die letzte Zeit war für mich auch nicht leicht. Und es ist eine Gelegenheit zu reisen. Jetzt, wo es endlich möglich ist. Ich arbeite nicht, habe frei, aber wegen Corona ging es bisher ja nicht. Jetzt kann man endlich wieder in manche Länder reisen, aber ich habe auch nicht viel Geld. Es ist eine gute Gelegenheit, alles kommt zusammen. Ich kann bei ihnen im Haus schlafen, ich muss nur den Flug bezahlen.

Okay.

Felipe fragte nicht, warum es ihr nicht gut ging. Er fragte nicht, was er für sie tun konnte. Er war nur unzufrieden, dass sie ohne ihn ging. Das bedrückte Frieda. Es fiel ihr schwer genug, diese Reise durchzuziehen. Sich zu trauen, richtig aus ihrem Schneckenhaus zu kommen, raus in die große weite Welt, die sie immer so geliebt und gelockt hatte, die ihr jetzt aber auf einmal Angst einjagte. Sie hätte Felipes Unterstützung gebraucht, wenigstens seine Umarmung, am besten auch seinen Segen.

Stattdessen gab er ihr das Gefühl, etwas Falsches zu tun. Vielleicht ließ sie es besser sein. Vielleicht hatte sie unter den gegebenen Umständen doch nicht die Kraft dazu.

An diesem Tag schliefen sie nicht miteinander. Ich bin müde, sagte Felipe und drehte sich weg. Es schnürte ihr den Atem ab, ihn zu enttäuschen. Wenn sie ihn verlor, war alles vergebens.

*

Zwei Wochen später stand Frieda am Flughafen. Blickte hoch auf die Anzeigetafeln, es ratterte, sie war zu Haus. Sie hatte nicht gewusst, wie ihr dieses Gefühl gefehlt hatte. Dass mit jedem Flattern der Buchstabentafeln die Welt sich weit öffnete. Dass die Städte und Namen sagten: Komm, wir sind nur einen Katzensprung von dir entfernt. Ja, es waren weniger Ziele, die nun dort standen. Weite Ferne hüllte sich erneut in einen Schleier tiefer Exotik. Aber die Tafel war wie ein Tor zur Welt. Das Klappern eine Verheißung von Aufbruch, ein Wispern von neuen Chancen, ein Versprechen von Abenteuer und Mut.

Mut hatte es Frieda gekostet hierherzukommen. Wer schon vor dem Gang in den Supermarkt Angst hatte, musste sich zu solch einer Reise erst überwinden. Tränen hatte sie geweint, als sie vor dem leeren Koffer gesessen und mit sich gehadert hatte. Sie war immer gereist, das war doch ihr Ding. Aber diesmal wusste sie nicht, was sie mitnehmen sollte. Musste erst recherchieren, was man brauchte, um nach Spanien einreisen zu dürfen. Einfach ein paar Sachen in die Tasche werfen, den Pass schnappen und los, das war gestern. Heute waren Planung und Umsicht gefragt, Vorausschau und Information. Die Sommersachen passten nicht mehr. Oder sie fand sich nicht schön. Die Bewegungslosigkeit hatte ihren Körper verändert. Tausend Entscheidungen für einen Koffer voll Hoffnung, der Inhalt sorgfältig gebaut auf einem langen inneren Dialog. Wenigstens Felipes Segen hatte sie mit im Gepäck. Sie hatten gesprochen und sich versöhnt. Er hatte sogar vorgeschlagen, dass sie bald gemeinsam in den Urlaub fahren sollten. Sie war erleichtert und froh. Er machte sich Sorgen, dass sie Corona bekommen könnte. Aus irgendeinem Grund schreckte sie das als Einziges nicht.

Benalmádena

Lu und Ana holten sie in Malága vom Flughafen ab. Sie überreichten ihr frischen Starbucks Kaffee und nahmen ihr mit Herzlichkeit die Nervosität.

Die Fahrt nach Benalmádena führte durch trockene Hügel mit vereinzelter Vegetation, die sich hinab zum glitzernden Mittelmeer wölbten. Nach nicht einmal fünfzehn Minuten fuhren sie von der Schnellstraße ab, eine serpentinenartige Straße hinunter und auf halbem Weg zum Meer in eine Einfahrt hinein.

Das Haus war ein Traum. Ein blühender, großzügiger Garten, Terrakotta-Fliesen, die zu der geschwungenen Holztür führten, kühle, helle Räume voll melancholischer Friedlichkeit, ein hellblau glänzender Pool, auf dem quadratische Sonnenmuster tanzten, deren Beobachtung allein schon einen meditativen Effekt zu haben schien. Und von überall aus dieser Blick in die Weite, aufs offene Meer.

Ich bekomme direkt Lust zu schwimmen, rief Frieda bei dem Anblick.

Dann geh doch! forderte Lu sie auf. Das wird dir nach der Reise guttun! Ein Handtuch liegt auf deinem Bett.

Mit ihrem Koffer betrat Frieda das Gästezimmer. Es war schlicht eingerichtet mit Schrank und Bett, ein Korb mit Zeitschriften in der Ecke, eine frische Blume in einer Vase auf dem Nachttisch. Das blau-weiß gestreifte Handtuch auf dem Bett verbreitete ein Gefühl des Willkommenseins und von Urlaub. Sie war gerade erst eingetreten in dieses Haus und doch fühlte sie sich schon angekommen und geborgen.

Als sie kurze Zeit später gemächliche Bahnen im Pool zog, ging ihr erst auf, wie sehr sie das gebraucht hatte. Rauskommen, etwas anderes sehen, frische Luft atmen, neue Blickwinkel einnehmen. Vielleicht hätte sie nicht so weit reisen müssen für dieses Gefühl, aber in Deutschland, daheim, wäre sie aus ihrem Dunstkreis nicht ausgebrochen. Manchmal musste man Grenzen überschreiten, um den nötigen Abstand zum eigenen Leben zu gewinnen. Die neu geschlossenen Grenzen hatten sie eingeengt, ihr die Luft zum Atmen, die Freiheit genommen.

Lu und Ana winkten ihr vom Wohnzimmerfenster aus zu.

Es gibt Essen, rief Ana.

In der großen Wohnküche kamen sie zu einem vegan-ayurvedischen Essen zusammen. Auch Anas und Lus Mutter Maggie war inzwischen zu Hause. Sie umarmte Frieda fest und strahlte mit dem ganzen Gesicht und Körper. Frieda konnte sich nicht erinnern, jemals jemanden so leuchten gesehen zu haben. Maggie sprach mit ruhigen und langsamen, scheinbar wohl überlegten Worten, erklärte dies und fragte jenes, machte zwischendurch nachdenklich Hmmm. Aber vor allem lachte sie viel. Sie lachte ständig. Ein glucksendes Lachen, das in einem Kichern endete und jeden ansteckte. Frieda wusste nicht, wann sie zuletzt so viel gelacht hatte oder auch nur einen anderen Menschen so viel hatte lachen hören.

In der ayuverdischen Küche geht es auch darum, nur so viel zu essen, bis man ungefähr zu drei Vierteln satt ist, erklärte Ana. Frieda ließ den Löffel, den sie gerade zum Mund führen wollte, sinken. Ana, Lu und Maggie lachten laut.

Nein, nein, iss so viel du möchtest! Es geht nicht um Diät. Im Prinzip geht es einfach darum, dass man achtsam isst! Die Leute essen oft schnell und tun dabei andere Dinge, unterhalten sich oder schauen fern. Im schlimmsten Fall arbeiten sie dabei. Oft nehmen sie gar nicht wahr, dass sie schon satt sind, denn das Sättigungsgefühl braucht einen Moment, um vom Magen im Hirn anzukommen. Deswegen hilft es, nach drei Vierteln Sättigung zu stoppen. Oft merkt man kurz darauf, dass man eigentlich satt genug ist.

Das macht Sinn, sagte Frieda und versuchte, ihr Sättigungsgefühl einzuschätzen. Es war gar nicht so leicht, aber sie spürte, dass der Linsensalat und die Kokossuppe sie bereits satter gemacht hatten, als sie gedacht hätte. Und sie bemerkte, dass sie sich durch das Schwimmen, Essen und die Geselligkeit erfrischt fühlte, aber gleichzeitig von der Reise und der ungewohnten Situation ermattet. Plötzlich verspürte sie das starke Bedürfnis, sich zurückzuziehen.

Ruh dich aus, wir räumen auf, boten die drei Gastgeberinnen sofort lächelnd an.

Wenig später ruhte Frieda auf den strammen Laken des Bettes, in dem schon viele Gäste sowie hohe Würdenträger des Diamantenen Weges einen Ort des Friedens auf ihrer ganz individuellen und doch universellen Reise gefunden hatten.

*

Nach einer erholsamen Nacht voll tiefen Schlafs und einem Frühstück mit viel frischem Obst wollten Ana und Lu ihr endlich die Stupa zeigen. Ihre Eltern hatten sie hier gebaut, wie so viele andere Stupas auf der ganzen Welt. Anas und Lus Vater war Architekt, Maggie der spirituelle Kopf der Unternehmung. Und nach vielen Jahren, in denen sie durch die Welt gereist waren und ihren Hauptwohnsitz in Deutschland gehabt hatten, hatten die drei Frauen der Familie beschlossen, sich in Andalusien niederzulassen, direkt auf dem Hang unter der Stupa. Ana und Lu hatten ihre Ausbildung abgeschlossen, Maggie konnte jede Hilfe beim Management des buddhistischen Zentrums, des kleinen Andenkenladens, der Ausstellungsräume, des Kiosks sowie der Organisation von geführten Meditationen und anderen Veranstaltungen gebrauchen. Ihr Mann aber führte sein Architekturbüro in Deutschland weiter.

Die Stupa leuchtete blendend weiß vor dem strahlend hellblauen spanischen Sommerhimmel, sie thronte erhaben und friedlich über der Stadt. Mehrere quadratische Elemente unterschiedlicher Größe bildeten die Basis, teilweise wie Treppenstufen anmutend, die den Weg zur Erleuchtung darstellten. Ganz oben die elegant geschwungene Form einer geschlossenen Lotusblüte, gekrönt von einer goldenen Spitze. Erstaunlich, dass in einem tief katholischen Land ein buddhistisches Wahrzeichen den Ort so überblicken durfte.

Ana und Lu führten sie über das gepflegte Gelände und stellten sie einigen Helferinnen ihrer Gemeinde vor. Beim Gang durch das Innere des Tempels begannen sie ruhig alles zu erklären. Gemälde schmückten die Wände, die das Leben Buddhas darstellten, wie Bilder in Kirchen oft Jesus' Geschichte skizzierten. Eine Frau kniete sich vor den mit Obst und Blumen geschmückten goldenen Buddha-Altar hin, legte sich letztlich ganz flach auf den Boden, stand wieder auf und wiederholte das Ganze.

Sie verbeugt sich vor Buddha, sagte Ana. Aber das heißt auch, sie verbeugt sich vor sich selbst. In jedem von uns steckt ein Buddha. Aber um buddhagleiche Qualitäten zu erreichen, muss man bestimmte Methoden anwenden. Zum Beispiel Meditation. Der Diamantene Weg ist nur ein Weg, um buddhistische Erleuchtung zu erreichen. Er beschreibt Methoden, wie man das im Leben erzielt. Wenn es gelingt, unterbricht man den Kreis der Wiedergeburten, dann ist man ultimativ aus dem Leben befreit.

Aus dem Leben befreit sein, dachte Frieda. Genau das hatte sie sich vor Kurzem gewünscht. Aber sie ahnte, dass die Buddhisten nicht gegen das Leben oder für den Freitod standen. Und Ana sprach auch schon weiter.

Das Leben an sich ist voll von Leere. Die Dinge und alles, wir selbst, unser Körper und Geist, sind leer, denn wir sind nicht wahr. Wenn du meditierst und deine Gedanken beobachtest, wer ist dann dieses Du? Es kann nicht dein Geist sein, denn den beobachtest du ja, und es ist nicht dein Körper, denn er kann deine Gedanken nicht mit seinen Sinnen erfassen. Das Einzige, was wirklich existiert, das Einzige, das wirklich wahr ist, ist eine kosmische Energie, etwas, aus dem unser wirkliches Selbst besteht, aus dem wir alle bestehen. Es ist nicht unser Ego, das will und Bedürfnisse hat und leidet, es ist unser wahres Ich. Das wahre Ich ist buddhagleich. Wir sind also auf der Suche nach dem einzig Wahrhaften. Und nach Freiheit von den irdischen Dingen, dem Leid, aber auch den irdischen Freuden, denn auch sie sind leer und nicht wahr und das Streben nach ihnen verblendet uns auf dem Weg zur Erkenntnis des Wahren.

Es klang kompliziert, aber Ana sagte: So einfach ist das.

Frieda lachte leise. Lu und Ana lachten mit. Komm, wir gehen raus, sagte Lu und nahm sie an der Hand.

Drinnen prunkte das Gold und überwältigten die Farben, draußen blendete das Sonnenlicht, das von den weiß gestrichenen Außenwänden der Stupa und ihrer goldenen Spitze reflektiert wurde. Selbst die Sonnenbrille verhinderte nicht, dass Frieda kurz die Augen schließen musste und rote Flecken vor ihrem inneren Auge tanzen sah. Das innere Auge, dem sie in Zukunft noch viel mehr Beachtung schenken sollte.

Sie verbrachten den ganzen Vormittag auf dem Gelände der Stupa, betrachteten die Kunstwerke der Ausstellung, aßen Zitronenkuchen am Kiosk und stöberten im Andenken-Laden. Ana und Lu schenkten ihr Bücher über den Diamantenen Weg, geschrieben von bedeutenden Persönlichkeiten ihrer Religion. Sie suchten ein Buddha-Armband für sie aus und erklärten die Bedeutung der Perlen für die Meditation. Die Idee war einem Rosenkranz nicht gänzlich unähnlich. Und schließlich platzierten sie Frieda vor ein Regal mit vielen Buddha-Statuen.

Such dir eine aus, forderte Lu sie auf. Die, die am ehesten zu dir spricht.

Frieda musste nicht lange überlegen. Sie deutete auf einen filigranen weißen Buddha, dessen schlanke Figur und nackte Wespentaille sehr weiblich anmuteten. Die Hände waren im Gebet vor dem Herzen zusammengelegt, Armreifen und Halsketten verzierten den Körper, zwei weitere Arme hielten anmutig nicht definierbare Gegenstände in den schlanken Fingern, eine Krone schmückte das aufgerichtete Haupt, Gebetsschals lagen über den Ellbogen und flossen am Boden mit den Gewändern, die sich über die im Lotussitz verschränkten Beine ergossen, zusammen.

Interessante Wahl, sagte Ana. Das ist der Bodhisattva der Güte und des Mitgefühls, Avalokiteshvara.

Es war ein wunderschönes Kunstwerk und Frieda würde die Figur immer in Ehren halten.

*

Die Zeit der Siesta verbrachten die Mädchen im Haus, jedes für sich. Ana zog sich zum Meditieren zurück, Lu las ein Buch, Frieda ging eine Runde schwimmen. Sie zog ein paar Bahnen, stützte dann die Ellbogen auf den Beckenrand, ließ die Beine hinter sich im Wasser hin und her schweben und blickte aufs Meer. Ein Gefühl der Befreiung hatte sie überkommen, seit sie Frankfurt und ihre momentan so beschränkte kleine Welt dort zurückgelassen hatte. Gleichzeitig empfand sie tiefe Sehnsucht. Nach dem inneren Frieden, den die Mädchen und Maggie ausstrahlten, nach einem Platz in der Welt, den die drei schon gefunden hatten, nach der Kraft, anderen zu dienen und gleichzeitig ein erfülltes Leben für sich selbst zu führen. Sie war weit von alldem entfernt. Und so fiel es ihr schwer, das Hier und Jetzt richtig zu genießen.

Saudade, sagten die Brasilianer. Und meinten dieses Gefühl der Sehnsucht, einer Sehnsucht, die manchmal gestillt werden kann, nur um kurze Zeit später wieder aufzuflammen. Ein Teil des Lebens, der unsere Gedanken und Handlungen bestimmt, egal, was Objekt unserer Sehnsucht und Begierde ist. Es ist ein bittersüßes Ziehen im Brustkorb. Saudade.

*

Wir waren eingesperrt, damals im Ostblock. Es waren die 80er-Jahre, wir durften nicht raus, erklärte Maggie und sah Frieda gerade und fest in die Augen, so wie es ihre Art war beim Sprechen. Sie fixierte ihre Gesprächspartner, war ganz bei ihnen, konzentriert, fokussiert und selbst beim ernstesten Thema mit einer Prise Schalk und viel Glanz in den hellblau strahlenden Augen.

Sie saßen direkt unten am Meer. Auf einem schmalen Streifen Strand, an einem Tisch, der sich unter der Last der Tapas-Teller und Weingläser bog, in den Bäumen bunte Lampions.

Ich bin als Kind von Diplomaten durch die ganze Welt gereist, bin in Argentinien aufgewachsen. Ich kannte das nicht, nur an einem Ort bleiben und immer alles nur grau, grau, grau. Sie zog die Mundwinkel nach unten bei der Betonung von grau, grau, grau, nur um direkt danach wieder glucksend zu lachen. Frieda hing an ihren Lippen.

Ich dachte, ich werde verrückt. Aber dann kam Lama Ole aus Dänemark. Er lud ein zu einem buddhistischen Abend, wir hörten davon an der Universität. Ich wollte sofort hin. Lama Ole erzählte vom Diamanten Weg. Er erklärte uns die wahre Bedeutung von Freisein. Die ganze Welt und ihre künstlichen Schranken, die, die wir dank Corona gerade jetzt auch wieder überall hochfahren sehen, sind nicht real. Unsere Ängste und Sorgen sind nicht real. Wahrheit und wahre Freiheit findet man nur in sich selbst, sie sind in jedem von uns. Man muss sich nur nach innen wenden, nicht nach außen schauen. Die materielle Welt ist auch wunderschön, manchmal, betonte Maggie lachend und beschrieb mit beiden Armen einen weiten Kreis, als ob sie zeigen wollte, wie herrlich die Lichter, das Meer, das Essen und die Menschen an diesem Tisch waren. Aber innen liegt die Wahrheit, eine ganz andere, weitere Welt. Wer nicht nach innen schaut, lebt im Schatten, verpasst das Beste und vor allem das Echte.

Der Rest ist Geschichte. Ich habe mich ins Studium des Diamantenen Weges vertieft, Tibetisch und Bhutanisch gelernt und bin Übersetzerin für Lopön Tsechu Rinpoche geworden. Mit ihm bin ich bis zu seinem Tod durch die Welt gereist. Er war es auch, der den Bau der Stupa in Benalmádena angeregt hat.

Frieda war fasziniert. Was für ein Leben! Voll Reisen und Abenteuern, Spiritualität und Sinn. Das Leben eines Freigeistes, der anmutig durch die Lüfte schwebte, sich nicht störte an den anderen, doch stets für sie sorgte. Ein Leben frei von Konventionen, Sorgen um Geld oder Status, Zweifeln am eigenen Wert. Maggie wusste, was sie tun wollte, jeden Morgen, wenn sie aufstand und den neuen Tag begann. Sie wusste um ihren eigenen Platz, wusste ihre Antworten auf das Warum, Wie, Mit wem und Wozu. Sie hatte die Basis, die massiv, sicher und doch elegant wie die der Stupa im Boden verankert war. Eine Basis, aus der sich Wunderbares erheben konnte, so wie die Blüte, die goldenen Spitze, die bunten Wimpel.

Frei zu sein bedarf es wenig, sagte Maggie, als ob sie Friedas Gedanken lesen konnte.

Und wer frei ist, ist ein König! Salud! rief Lu und lachte.

Sie hoben die Gläser, das Licht verfing sich und tanzte millionenfach vervielfacht auf den Weinflaschen, in ihren Augen, in den Baumwipfeln, auf den Schaumkronen der Wellen.

*

Sie fuhren nach Zahara de los Atunes, aßen das beste Eis der Welt, kreiert von einer Italienerin und einem Brasilianer, ließen sich den Wind um die Nase streichen, kletterten über Dünen, in der Nase den Geruch von frisch gebratenem Fisch. Auf dem Rückweg schauten sie über das Meer bis nach Afrika rüber, ein gelber Streifen am Horizont, auf der anderen Seite viele, die man nicht sah und die auch ihre Freiheit suchten. Frieda fragte sich, ob die Idee von Freiheit für die, die auf der Suche nach einem besseren Leben nach Europa flohen, eine andere war. Für die, die keine Arbeit und keine Hoffnung hatten, war Freiheit vielleicht einfach nur Geld, Brot und ein Dach über dem Kopf. Für die, die die Welt nur durch das Gitterfenster einer Burka sahen, vielleicht einfach nur, das Haus allein verlassen zu dürfen. Für Maggie, eingesperrt im ehemaligen Ostblock, reisen zu dürfen, wieder Farben zu sehen – im Geiste und schließlich ganz physisch in der materiellen Welt.

Und für Frieda, was war es für sie?

Frei von diesen ewigen schlechten Gedanken, von Selbstzweifeln, dem Gefühl der Sinnlosigkeit. Frei von der an ihr nagenden Frage, wem oder was sie ihre Energie widmen sollte, was sie definierte, wenn plötzlich die Welt um sie herum auseinanderfiel.

Morgen kommst du mit zur geführten Meditation, sagte Lu, als sie zurück zum Auto liefen.

Vielleicht würde Frieda dort ein paar Antworten finden, die sie suchte.

*

Mit einem Dutzend anderer Menschen saß Frieda im Schneidersitz auf Kissen auf dem Tempelboden.

Schließt eure Augen. Atmet tief ein. In den Bauch, den Brustkorb, die Lunge. Tief aus. Aus der Lunge, dem Brustkorb, dem Bauch. Stellt euch ein grünes Licht vor, das in eurem Herzen flimmert. Legt die Hände auf euer Herz. Spürt den Herzschlag. Atmet ein, atmet aus. Om Mani Padme Hum. Das grüne Licht breitet sich in eurem Körper aus, vom Herzen ausgehend durch die Arme, den Brustkorb, den Bauch, die Beine, die Hände und Füße, den Hals, den Kopf. Om Mani Padme Hum.

Frieda spürte das grüne Licht, Frieda fühlte die Wärme des Lichts, Frieda sprach langsam das Mantra. Om Mani Padme Hum.

Ein innerer Frieden erfüllte sie. Sie war eins mit den

anderen um sie herum. Verbunden durch das Licht, das jeder ausstrahlte. Kam es von Maggie, kam es aus ihrem Herzen, kam es aus ihr selbst?

Wir sind alle eins, wir sind alle kosmische Energie. Om Mani Padme Hum.

Die Welt draußen war verschwunden, aber Frieda war eingetreten in eine viel größere, neue, berauschende Welt. Sie war trunken von Ruhe. Und, ja, in diesem Moment war sie frei.

*

Ich danke euch für alles! sagte Frieda, als sie die Freundinnen am Flughafen fest umarmte. Das wuselige Treiben hier machte sie ein wenig nervös. Sie hatte schlecht geschlafen und sich gefragt, ob sie schon bereit war zurückzufliegen. Aber der Flug war ja gebucht und sie nur ein Gast in diesem Haus. Sie hatte von der Großzügigkeit ihrer Bewohnerinnen gezehrt, aber sie hatten schon mehr für sie getan, als sie jemals hätte erwarten können.

Das Licht, die Ruhe. Das Gefühl von Freiheit und Frieden. Es war schnell verschwunden nach der Meditation.

Der Geist muss trainiert werden wie ein Muskel, hatte Ana ihr erklärt.

Frieda war klar geworden, dass sie dieses Gefühl wiedererlangen wollte. Aber auch, dass sie etwas dafür tun musste.

Nichts war umsonst in diesem Leben. Umsonst, so sagte man, ist nur der Tod. Und der kostet das Leben.

Frieda lachte leise, sich der Ironie bewusst werdend. Als sie ins Flugzeug stieg, verstand sie ein bisschen besser, warum dicke Buddhas und Maggie gern lachten. Es war einfach höchst komisch, alles zu ernst zu nehmen.

KAPITEL 13

Juli 2020
GROSSE ERWARTUNGEN

Frankfurt

Begeistert berichtete Frieda Felipe von ihren Erlebnissen in Benalmádena. Sie spazierten am Main entlang, die Stimmung war allgemein gut, es war Sommer, viele Freiheiten waren zurück, manchmal konnte man Corona fast ein bisschen vergessen. So wie früher war es aber bei Weitem nicht und würde es vielleicht nie wieder werden. Ganz Asien und die USA hielten die Grenzen weiterhin dicht, unerreichbar die Orte, die Frieda auf ihren Dienstreisen besucht hatte und weiterhin hätte besuchen sollen. Doch wie ihr Chef Dean immer sagte: Hätte, hätte, Fahrradkette. Es half alles nichts. Alle mussten sich an das New Normal – die Masken, die weiterhin geltenden Abstandsregeln, Homeoffice, Reisebeschränkungen, weniger Feste, Kultur und Partys – gewöhnen.

Nach dem traurigen, einsamen und sorgenvollen Winter sowie einem Frühling im Lockdown freuten sich die Menschen aber einfach über einen Besuch im Café, Spaziergänge mit Freunden, offene Geschäfte und Sport nicht nur zu Hause oder allein.

Interessiert und schweigend hörte Felipe Frieda zu.

Wir müssen unbedingt zusammen meditieren, sagte sie schließlich.

Sehr gern! Und das nächste Mal fliegen wir zusammen in den Urlaub, erwiderte er.

Auch sehr gern! antwortete sie lächelnd, sah ihm tief in die Augen und gab ihm einen von Dankbarkeit und Glück erfüllten Kuss.

Die Frage ist nur, wohin, meinte sie, nachdem sie sich voneinander gelöst hatten und weiterschlenderten. Es gibt immer noch nicht so viele Möglichkeiten.

Ich dachte eventuell an Brasilien, sagte Felipe und sah sie erwartungsvoll von der Seite an.

Friedas Herz klopfte. Er wollte sie mitnehmen in sein Land, zu seiner Familie? Das war ein großer Schritt.

Geht das denn? fragte sie.

Noch nicht, aber ich hoffe doch, irgendwann wieder, eigentlich bald, antwortete er. Was denkst du, hättest du Lust?

Auf jeden Fall! rief sie strahlend.

Die stille Übereinkunft großer Erwartungen besiegelten beide mit einem weiteren Kuss.

*

Frieda begann, täglich ihre Yogamatte im Wohnzimmer auszurollen. Das war nicht einfach mit ihrem immer noch stark eingeschränkten Arm. Aber es half, ihn zu bewegen, zu dehnen. Sie konnte viel modifizieren und allein ihren Körper wieder zu spüren, tat unendlich gut. Sie folgte einem Kanal auf YouTube, der kostenlos Yoga, Pilates und Meditation anbot. Die junge Ukrainerin, die die Übungen vormachte, befand sich in jedem Video an einem anderen Traumstrand, irgendwo auf dieser Welt. Allein die herrlichen Hintergründe transportierten gute Laune in Friedas Wohnung. Doch die Übungen selbst waren es, die ihr täglich halfen, etwas ruhiger zu werden. Immer noch ging ihr Atem manchmal plötzlich schneller, spürte sie Panik in sich aufsteigen, stahlen sich Zweifel, Ängste und Traurigkeit in ihren Tag. Wann würde sie endlich wieder arbeiten? Und wie würde die Arbeit dann aussehen? Würde sie noch reisen? Wie sehr würde die Kurzarbeitsphase sie in ihrer Karriere zurückwerfen? Was, wenn es noch jahrelang so weiterging? Und was, wenn Felipe doch zu seiner Ex zurückkehrte? Ihre Beziehung stand immer noch auf wackligen Füßen und sie beide selbst waren nicht wirklich stabil. Was, wenn sie wieder allein dastünde? Hätte sie die Energie, jemand Neues zu finden?

Und wenn sie an Ana und Lu dachte: Was war ihr eigener Lebenssinn? Bei einer Firma arbeiten, eine Familie gründen – sollte das wirklich alles sein? Und wo wollte sie leben? Sie liebte ihr kleines Reich hier im Nordend, aber wenn sie in ein paar Jahren noch hier wäre, würde sie sich als Versagerin fühlen.

Und wie sollte es weitergehen mit dieser verrückten Welt? Corona, Klimakatastrophe, die Wirtschaft brach überall ein. Was war das für eine Zukunft, die auf sie und die kommenden Generationen wartete?

Immer wenn die Gedanken so kreisten, versuchte sie sich zu beruhigen, ruhiger zu atmen, manchmal griff sie auch zu Stift und Papier. Dann schrieb sie in das Notizbuch, das Gael ihr geschenkt hatte, vertraute ihm all ihre Sorgen und Ängste an. Die Seiten sogen die Tinte auf und absorbierten den Strudel der Negativität. Es floss aus Frieda heraus, ihr Kopf reiner danach, leerer, doch nie völlig gelöst. Es war nur ein Mittel, eines von vielen, klarer zu sehen, bereit für den nächsten Moment. Nicht stehen zu bleiben, zu versinken in einem Sumpf. Weiterzugehen, bereit sein zu leben. Ihr war klar, dass das alles nicht reichte. Sie war immer noch unruhig, manchmal traurig und unmotiviert. Aber sie lernte, dass sie all das tun musste, immer wieder. Meditierten, sich bewegen, rausgehen, Leute treffen, lesen, schreiben, um nicht unterzugehen. Sie wollte sich nicht mehr so fühlen, sie wollte nie wieder gefangen sein – in einer Klinik oder, viel schlimmer, in sich. Sie dachte an die kosmische Energie, das wahre Ich, das in allem und jedem steckte. Ihre profanen Nöte, ihr psychisches Leiden waren nur ein Teil ihres Egos und hatten keinen wirklichen Wert.

Sie versuchte auch weiter, ihre Gedanken auf Positives zu richten. Dankbarkeit zu üben hieß, die Dinge wie mit Kinderaugen zum ersten Mal, neu, neugierig zu sehen. War es nicht ein gutes Zeichen, dass Felipe mit ihr nach Brasilien wollte? Hatte sie es nicht gut, dass sie so viel freie Zeit hatte und doch immer noch Geld von einem Wohlfahrtsstaat erhielt? Hatte sie nicht viele Freundinnen und ihre Mutter? Gab es nicht viel, was sie für andere tun könnte, hätte sie nur wieder ihre alte Energie?

Zu jedem positiven Gedanken fiel ihr wieder etwas Entgegengesetztes, Negatives ein. Felipe konnte seine Meinung bezüglich des Urlaubs jederzeit ändern, bisher konnte man nicht mal nach Brasilien einreisen. Der Wohlfahrtsstaat war nicht nachhaltig. Wer sollte das denn alles bezahlen? Bestimmt gab es bald eine Inflation. Sie hatte Menschen im Leben, die sie sehr mochten, aber sie alle kamen auch ohne sie klar, was tat sie schon für andere, sie kümmerte sich gerade einmal so um sich.

Es war ein erbitterter Kampf in ihrem Kopf. Aber es half zu wissen, dass man Gedanken auch einfach ziehen lassen konnte wie Wolken am Himmel. Ohne Bewertung, einfach beobachten, vorbeifliegen sehen, eine Momentaufnahme des Geistes, gesehen, nie festgehalten vom wahren Ich.

*

An der hessisch-bayrischen Grenze

Endlich schaffte Gael es, Frieda zum Ausflug an den See zu überreden.

Du warst in Spanien, dann kannst du auch mit mir zum See! hatte sie lachend am Telefon erklärt. Frieda schämte sich ein wenig, sich vor so vielen Menschen im Bikini zu zeigen. Sicher starrten alle auf ihre hässliche Narbe am Arm. In Spanien, im Pool, war sie geschützt vor neugierigen und abschätzigen Blicken gewesen. Doch hier war die Situation eine andere. Sie wusste aber, Gael würde keine Ausreden mehr gelten lassen, und vielleicht tat es letztendlich auch gut.

Tatsächlich war der Tag am See wunderschön. Das Wasser war kalt und erfrischend, auf den Wiesen und am kleinen Sandstrand tummelten sich Groß und Klein. Gummiboote und Stand Up Paddle Boards wurden zu Wasser gelassen, Kinder spielten mit Steinen und Sand, es roch nach Sonnencreme und grünen Tannen, auf den Picknickdecken lagen Wassermelonen, Erdbeeren, Kekse und Chips. Immer wenn Frieda aufs Wasser blickte, egal ob still wie der See oder bewegt, stellte sich eine freudige Ruhe ein. Voll Genugtuung konnte sie Stunden so dasitzen, aber noch besser war es, einzutauchen ins kühle und glatte Nass. Wenn der Körper das Wasser verdrängte, schwerelos zu werden schien, man sich treiben lassen konnte in einem anderen Element, vergaß sie für den Moment alle Sorgen.

Das ist wie Urlaub, sagte Frieda zu Gael, als sie nebeneinander auf der Decke im Gras saßen und ihre mitgebrachten belegten Brötchen verspeisten.

Ja, absolut, antwortete Gael kauend. Apropos, willst du nicht noch mehr reisen, jetzt, wo wieder mehr möglich ist und du noch Zeit hast?

Ich hab überhaupt kein Geld, erklärte Frieda.

Hmm, das sollte dich wirklich nicht abhalten. Wieso leihst du dir nicht etwas, zum Beispiel von deiner Mutter? Jetzt ist DER Moment. Das Geld wird dir später nicht mehr weiter fehlen. Oder wenn doch, machst du irgendwas falsch! Gael lachte.

Ich weiß ja gar nicht, wann ich wieder normal arbeiten werde, entgegnete Frieda.

Das stimmt, das weiß niemand. Aber du wirst wieder arbeiten. Ewig wird der Staat auch nicht Kurzarbeitergeld verteilen. Wenn es bei deiner Firma irgendwann nicht mehr geht, fängst du woanders an. Du wirst Geld verdienen. Wenn du jetzt ein paar tausend Euro ausgibst, hast du die später bestimmt wieder schnell drin.

Hmm, machte Frieda mit vollem Mund und überlegte. Wo würdest du denn hin, wenn du Zeit hättest? fragte sie, als der Bissen heruntergeschluckt war.

Mexiko! antwortete Gael, ohne zu zögern. Meine Kollegin war dort im Bildungsurlaub. In Puerto Escondido. Sie hat einen Spanischkurs gemacht und Surfen gelernt. Eine Hammer-Kombi. Dazu leckeres Essen, gute Partys, Traumstrände, fröhliche Menschen, interessante Kultur.

Oh, ich liebe mexikanisches Essen, sagte Frieda lachend. Und gute Musik hast du vergessen. Ja, auf Mexiko hätte ich auf jeden Fall auch richtig Lust. Und Surfen würde ich auch gern lernen. Felipe surft ja. Er redet ständig davon. Würde bestimmt nicht schaden, wenn ich wenigstens ein bisschen Ahnung davon bekäme.

Siehst du, da hast du schon ein Urlaubsziel, sagte Gael und nickte zufrieden.

Ja, aber immer noch kein Geld. Frieda zog eine Grimasse.

Ach Geld! ätzte Gael verächtlich. Wie gesagt, leih dir was von deiner Mutter. Ich bin sicher, sie sagt nicht Nein.

Nachdenklich sah Frieda auf den See. Lust hätte sie schon ...

*

Frankfurt

Was?! Sag mal, spinnst du?

Felipe war außer sich.

Hatten wir nicht gerade erst darüber geredet? Erst Spanien und jetzt willst du nach Mexiko? Surfen gehen?

Verärgert und frustriert schüttelte er den Kopf.

Du hast keine Ahnung. Mexiko! Surfen! Du hast echt keine Ahnung.

Was meinst du? fragte Frieda angesäuert. Sie hatte geahnt, dass es nicht leicht werden würde, mit Felipe darüber zu reden. Aber dass er so ausrasten würde, hätte sie auch nicht gedacht.

Du bist so naiv!

Hör auf, so was zu sagen, schrie Frieda verletzt. Beantworte doch mal meine Frage! Was meinst du denn? Wovon hab ich keine Ahnung?

Felipe sah sie wütend und fast herablassend an. Du hast keine Ahnung vom Surfen. Puerto Escondido ist kein Anfänger-Spot. Was willst du denn ausgerechnet da?

Ich hab keine Ahnung vom Surfen, stimmt, aber deswegen will ich es ja lernen! erklärte Frieda zunehmend frustriert. Die Kollegin meiner Freundin war da, die ist auch Anfängerin. Ich dachte, du würdest dich freuen, dass ich deinen Sport lernen will.

Erneut schüttelte er den Kopf.

Du spinnst, wiederholte er. Hat dir die Erfahrung mit dem Snowboarden nicht gereicht?

Hör auf, bat Frieda, nun den Tränen nahe. Was ist denn an der Idee so schlimm?

So vieles! rief Felipe zornig.

Du willst schon wieder allein in den Urlaub. Wir hatten doch grad erst darüber gesprochen. Und dann auch noch surfen. Erst meditieren, dann surfen. Hast du keine eigenen Ideen?

Jetzt brachen sich ihre Tränen Bahn.

Klar hab ich eigene Ideen, sagte sie schluchzend. Obwohl sie sich in dem Moment fragte, ob das wirklich stimmte. Die Idee mit Mexiko war schließlich auch von Gael. Besonders kreativ war sie im Moment sowieso nicht. Generell schaffte sie zurzeit wenig allein und von sich aus.

Und dann Mexiko, schnaubte Felipe verächtlich. Du hast keine Ahnung von Mittelamerika. Das ist nicht Europa. Wenn du unbedingt ALLEIN surfen musst, geh doch nach Portugal. Mexiko ist einfach zu gefährlich. Und die Mexikaner … Er zog die Augenbrauen hoch. Was denkst du, wie die drauf sind?! Die werden dich alle anmachen. Und was willst du mit Spanisch, lern lieber Portugiesisch!

Hör auf, bat sie leise.

Er verstummte.

Warum weinst du jetzt? Das ist nicht fair, sagte er schließlich nach einem kurzen Moment der Stille.

Weil du mich voll fertigmachst, antwortete sie.

Das will ich nicht. Seufzend nahm er sie in den Arm. Aber ehrlich gesagt, bin ich wirklich etwas entsetzt.

Lass uns aufhören, darüber zu reden, bat Frieda.

Gut, aber hör auf zu weinen, okay?

Frieda nickte. Aber tief im Innern war sie immer noch tief verletzt.

*

Frieda überlegte hin und her. Sie wollte die Beziehung mit Felipe auf keinen Fall gefährden. Sie wollte ihn auch nicht verärgern. Aber wer war er, ihr zu sagen, wohin sie reisen, was sie tun durfte und lassen sollte? Er war nicht um sie besorgt, er hatte sie naiv genannt, er war sauer, weil sie etwas allein ohne ihn unternahm. Er wollte, dass sie bei ihm in der Wohnung hockte, bis er selbst Urlaub hatte. Er wollte sie für sich, sie kontrollieren. Wieder einmal dachte er nicht an sie. Wieso konnte er sich nicht für sie freuen? Wieso fragte er sie nicht, was sie mit ihrer Zeit Sinnvolles anfangen wollte, unterstützte sie bei ihren Vorhaben, sorgte sich einmal um sie?

Er sah sie nicht als Individuum, sondern nur als sein Anhängsel. Sie war da, um ihm die Zeit zu versüßen und zu vertreiben. Aber was sie machte, wenn er arbeitete, kümmerte ihn leider nicht. Es machte sie wütend und traurig. Vielleicht sollte sie sich doch trennen. Dann wäre sie frei, zu tun, was sie wollte. Aber nein, das wollte sie auch wieder nicht. Es musste doch möglich sein, sich frei zu fühlen, auch wenn man gebunden war, oder?

Sie sprach mit ihrer Mutter, auch wegen des Geldes. Sie würde ihr welches leihen, das sei kein Problem. Aber vielleicht solle sie über einen Kompromiss nachdenken? Wie wäre es wirklich mit Portugal? Sie könnte dann zusätzlich noch etwas Felipes Sprache lernen, das wäre doch vielleicht besser als Mexiko.

Aber Mexiko reizte sie, es war ein exotisches Ziel, eines der wenigen, die aktuell überhaupt offen standen. Für Portugal müsste sie neu recherchieren. Es war immer noch vieles beschränkt. Was gab es überhaupt für Angebote für einen Surfkurs? Außerdem hörte man Berichte von neuen Corona-Ausbrüchen an der Algarve. Vielleicht würde sie etwas buchen und müsste kurz darauf schon wieder stornieren.

Puerto Escondido war eine Empfehlung, es schien ihr die sichere Bank.

Gael schrieb ihr: *Meine Kollegin hatte Zimmer Nummer zehn im Surfcamp, das hat als einziges direkten Meerblick!*

Frieda hatte sich entschieden. Sie wollte wissen, worauf sie sich einließ. Sie wollte frei sein und sie wollte das Zimmer mit der Nummer zehn.

KAPITEL 14

Ende Juli 2020
BALANCE, BALANCE

Mexico City

Wolken, Wolken und noch mal Wolken. Zartrosa, blutorange, tiefrot angestrahlt. Wie Zuckerwatte, ein unendliches Meer. So friedlich war dieser Anblick! Reinhard Meys berühmtes Lied »Über den Wolken« kam Frieda in den Sinn.

Sie lehnte sich zurück und lächelte. Was war schöner als Fliegen? Was war besser als dieses Freiheitsgefühl? Bald würden sie landen. Dann hatte sie acht Stunden Zeit bis zu ihrem Anschlussflug. Der Moment, wenn die Rollen auf der Landebahn aufsetzten, wenn man das Ziel einer Reise erreicht hatte, die doch gerade erst begann. Die Aufregung, die Vorfreude, die Neugierde. Sie nahm ein Taxi und fuhr direkt zum Frida-Kahlo-Museum. Zu ihrer Namensvetterin, einer Ikone. Das war einfach ein Muss. Blau waren die Mauern im Garten gestrichen, grün und wild blühten die Palmen, Sträucher und Kakteen. So viele Kakteen. Mit Stacheln, mit Saft, mit trotzigen Blüten.

Im Haus, in dem die Künstlerin gewohnt hatte, hingen die Fotos und manche ihrer Bilder. Was hatte die

Frau leiden müssen. Friedas Unfall verblasste gegen die Tragödie in Fridas Leben. Friedas Schmerzen, die sie noch immer spürte, waren eine kleine Unannehmlichkeit gegen Fridas Tortur. Felipe war ein Engel gegen Diego mit seinen Affären und der Missachtung von Fridas Gefühlen. Aus all dem Schmerz hatte Frida so viel geboren, nur keine Kinder, das war ihr nach dem Busunglück für immer verwehrt gewesen. Wie allein das sich anfühlen mochte, Frieda wollte es gar nicht wissen. Frieda sah Fridas Haarschmuck, die kräftigen Farben. Sie wollte die gleiche unerschütterliche Energie. Den Willen, die Liebe zu leben, auch wenn sie schmerzte. Die Kraft, in die Dunkelheit Farben zu tragen. Frida war gefangen gewesen in einem Bett, in einem Rollstuhl, in der blinden Liebe für einen leidenschaftlichen, aber egoistischen Mann, im Schmerz und hatte trotzdem Freiheit gefunden. In der kreativen Kraft ihrer Kunst, in Festen und Feiern und auch in der Liebe, denn trotz allem war sie es selbst, die sich immer wieder für Diego und ihre besondere Verbindung entschieden hatte.

Es machte Frieda stolz, Fridas Namen zu tragen. Frida, althochdeutsch für Friede, für Freiheit.

Die Freiheit ist die Größte unter ihnen.

In diesen blauen Mauern, zwischen all den stachligen Kakteen, fühlte sie sich wieder frei.

In diesen verdammten Zeiten von Corona.

*

Puerto Escondido

Friedas Augen waren geschlossen. Sie spürte den sanften Wind im Gesicht. Leise Geräusche des frühen Morgens drangen wie fernes, feines Geläut an ihre Ohren. Ein Hahn krähte, Wellen schlugen mit sachtem Rauschen an den Strand. Sie atmete ein, hielt die Luft an, atmete langsam und hörbar aus, hob die Hände beim nächsten Einatmen zum Himmel, führte sie beim Ausatmen an die Stirn, direkt zum Nasenansatz und letztlich zum Herz. Sie öffnete die Augen, verbeugte sich vor sich, lächelte, stand auf und rollte die Matte zusammen.

Im Surfcamp gab es eine Dachterrasse mit Blick aufs Meer. Jeden Morgen bei Sonnenaufgang kam sie hierher. Machte eine leichte Runde Yoga und eine kleine Meditation, sah über die Gipfel der unzähligen Palmen zur aufgehenden Sonne, dem Strand und den Wellen, die am Nachmittag ihr Spielplatz und Trainingspartner werden würden.

Jeden Morgen nach Yoga und Meditation ging sie hinunter in die Gemeinschaftsküche, nahm sich etwas von dem für alle bereitgestellten Kaffee und machte sich ein Avocado-Brot. Für die Pause in der Schule packte sie eine reife Mango ein. Es war herrlich, wie frisch die Sachen hier schmeckten, und so einfach, gar nicht darüber nachdenken zu müssen, was sie heute essen würde. Den Vormittag verbrachte sie in der Spanisch-Schule, das Mittagessen gab es anschließend dort. Dann ging es mit dem Bus zurück zum Surfcamp und direkt in die Wellen. Wenn sie am frühen Abend unter der Dusche stand, war sie immer ordentlich müde. Aber es war eine gute Müdigkeit. Die, die die Glieder bleiern und schwer und den Geist ruhig werden ließ. Meist schaffte sie es dann gerade noch in ein Restaurant in der Nähe zum Abendessen und manchmal auch auf einen Drink. Dann las sie im Bett *View, Meditation and Action*, ein kurzes Buch, das Ana und Lu ihr geschenkt hatten, aber schlief meist schon nach wenigen Seiten ein.

Dieser Tagesablauf ließ keine Zeit für Müßiggang. Immer war sie körperlich oder geistig gefordert. Aber sie musste nicht nachdenken über das Leben und sich. Die Routine nahm ihr Entscheidungen ab. Nur nach dem Surfen musste sie täglich eine kleine treffen und mit ihr kam das Tagestief. Sollte sie allein essen gehen? Oder aß sie lieber unten in der Küche ein Brot? Sollte sie mit den anderen Mädchen irgendwo hingehen?

Die anderen Gäste im Surfcamp waren alle weiblich und furchtbar jung. Sie hatten gerade die Schule abgeschlossen und suchten vor dem nächsten Lebensabschnitt erst einmal das Abenteuer. Sie standen nicht bei Sonnenaufgang zum Yoga auf, sie machten fast jeden Abend Party, irgendwo. Sie gingen erst spät essen und fuhren zusammen zur Stadt. Das Surfcamp lag etwas abseits, am südlichsten Ende des Strandes Zicatela. Frieda blieb am liebsten hier in der Nähe, ging frühabends zu Fuß zu einem der Restaurants in der Gegend. Wenn sie mit den Mädchen in die Stadt fuhr, musste sie entweder allein zurück oder mit ihnen bis spät in den Abend oder die Nacht bleiben. Der Gedanke an beide Optionen gefiel ihr nicht. Aber auch allein im Restaurant zu sitzen fiel ihr manchmal schwer. Sie sah aus wie jemand, der keine Freunde hatte. Und am Ende des Tages war es hier vielleicht ja auch so. Sie verstand sich gut mit den anderen Gästen, aber manchmal fühlte sie sich den Lehrerinnen in der Schule oder den Surf-Coaches näher. Sie befand sich einfach in einem anderen Lebensabschnitt.

Außerdem überlegte sie abends fast immer, ob sie Felipe anrufen sollte. Er meldete sich nicht bei ihr. Diesmal hatten sie sich nicht mehr versöhnt. Sie hatte seinen Segen nicht wie in Spanien im Gepäck. Doch der Trotz und der Freiheitswille hatten gesiegt. Sie wollte sich von ihm nicht einschränken lassen. In einer Beziehung sollten doch beide wachsen. Was war das für eine Liebe, wo nur das Vorankommen des einen etwas galt?

Letztendlich war es hier trotz der nicht immer einfachen Abende eine magische, eine erfüllende Zeit. Nach einer Woche hatte sie *View, Meditation and Action* endlich ausgelesen und widmete sich nun *Meditation Now*. Am freien Samstag saß sie unter den Palmen und las und las. Sie fand hinter dem Punkt zwischen ihren Augen, dem »Dritten Auge«, eine ganz neue, ja, eine noch größere Welt. Es erregte sie ungemein. Die Erde war so groß und so schön, es gab so viel zu entdecken. Aber wenn die Grenzen geschlossen waren,

Krieg herrschte oder eine Pandemie, wenn das Geld fehlte oder Krankheit einen fesselte, dann gab es noch immer diese zweite, eine unendliche Welt. Es war nur nicht immer einfach, den Zugang zu finden. Doch einmal eingetaucht, wartete dort friedvolles Glück.

*

Willst du mit auf eine Delphin-Tour? hatte Sarah aus der Schweiz Frieda am Donnerstagabend gefragt. Linda und ich machen eine am Sonntag. Auf dem Boot ist noch Platz!

Und ob sie wollte! Sie hatte das Wochenende nach dem straffen Plan der letzten Tage zur Erholung herbeigesehnt. Ihr verletzter Arm schmerzte von den vielen, oft gescheiterten Take-offs besonders. Doch auch der Rest ihres Körpers war völlig geschunden, wenn auch auf eine gute Art. Gleichzeitig freute sie sich, noch etwas anderes von Puerto Escondido zu sehen. Die meisten Gäste hier kamen aus Europa und reisten für längere Zeit. Sie hingegen musste nach zwei Wochen Spanisch- und Surfcamp nach Deutschland zurück. Sie konnte Oaxaca und Mexiko nicht entdecken, nur auf dem Hin- und Rückflug beim Umsteigen in Mexiko City hatte sie etwas Zeit.

Am Sonntag fuhren sie mit einem mittelgroßen Schnellboot raus. Es gab keine Garantie, Delphine zu sehen, aber die Mexikaner versicherten, wenn es klappe, sei es das Geld wirklich wert.

Lange Zeit fuhren sie gefühlt ziellos auf dem Meer hin und her. Frieda, Sarah und Linda unterhielten sich, hatten auch ohne Delphine eine herrliche Zeit. Rings um sie herum tiefblaue und glitzernde Wellen, am Horizont, mal näher, mal ferner, sah man das Land. Von Palmen gesäumte Strände, sanfte Hügel, Fischerboote. In die andere Richtung unendliches Meer, das mit dem Himmel verschmolz. Die Sonne brannte erbarmungslos, Hut und Sonnencreme boten den einzigen Schutz. Plötzlich wurde das Boot etwas langsamer und der Führer sprach unverständliche Worte in sein Funkgerät.

Etwas schwirrte knapp über der Wasseroberfläche durch die Luft. Fast geräuschlos, gerade so mit dem Auge zu erhaschen. Wie ein Schatten, der sich nachts durch einen schwach erhellten Eingang stahl. Kaum bemerkt, war er schon fort. Doch der Schatten wurden mehr. Und immer mehr, bis das Meer um sie erfüllt war von kleinen Augenblicken, die man einfangen und festhalten mochte. Es waren hunderte von ihnen, sie waren überall! Die Mädchen schrien und jauchzten, der Anblick war überwältigend. Doch wie sehr wünschte sie sich gerade, dies alles zusammen mit Felipe zu sehen, mit jemanden, der ihr nahe war, eine gemeinsame Erinnerung zu schaffen. In diesem Moment war sie sicher, dass sie das Leben nicht nur um ihrer selbst leben wollte. Welchen Wert hatten all die Harmonie, Meditation, Ausgeglichenheit und Freude, wenn es nur für sie ganz allein war? Lieber wollte sie Reibungsfläche, etwas Anstrengung, das Abweichen von einem Plan, wenn sie ihr Leben dann teilen konnte.

Nach kurzer Zeit kamen auch andere Boote in ihre Nähe, von einem sprangen Touristen mit eleganten Köpfern ins Meer. Mit den Delphinen schwimmen, es schien wie ein Traum. Doch Frieda war sich nicht sicher, ob die Tiere das überhaupt mochten. Allein die Tatsache, dass plötzlich so viele Boote hier waren, empfand sie als unangenehm. Die anfängliche Freude ebbte langsam und stetig ab. Je länger sie die Tiere springen sah, während mehrere Boote sie einkreisten, desto mehr fürchtete sie, dass dies nicht aus heiterem Vergnügen geschah, sondern Versuche waren der Flucht.

Sarah und Linda johlten weiter fröhlich, schossen Fotos und machten Videos. Ich will auch mit den Delphinen schwimmen, rief Sarah neidisch. Frieda blickte dem Treiben schweigen zu. Sie war froh, als sie endlich abdrehten und an Land zurückfuhren.

Den Rest des Tages verbrachten sie mit den anderen Gästen aus dem Surf-Camp in einem Strand-Club und spielten Wasser- und Beach-Volleyball. Frieda genoss die Gesellschaft und glückliche Stunden, war aber nach dem Erlebten wieder nachdenklich geworden. Warum konnten andere die Dinge einfach genießen? Nur sie fand doch immer das Haar in der Suppe.

*

Am Abend stand das gemeinsame Schauen eines Surf-Films auf der Dachterrasse im Camp auf dem Programm. *Soul Surfer*, die Geschichte von Bethany Hamilton. Es war so ergreifend. Frieda fühlte sich inspiriert, dass alles möglich war. *If only you set your mind on it*. Es war so viel Stärke in jedem von uns! Man durfte nicht aufgeben.

Gleichzeitig fühlte sie sich neben so jemandem unbedeutend und klein. Frida, Bethany, woher nahmen die Frauen nach solchen Unglücksfällen ihre Kraft her? Die Wellen im Film bauten sich wie riesige Wände auf. Ob Bethany das schaffte? Doch plötzlich bebte die Erde. Es ruckelte und wackelte, es klapperte, die Mädchen schrien. Alle nach unten, riefen die Coaches. Und sie rannten zum Erdgeschoss, kauerten in Schockstarre am Boden, doch es war schon wieder vorbei. Nur ein kleines Nachbeben des großen Bebens im Juni.

Keine große Sache, wir können weiterschauen.

Die Mädchen sahen sich gegenseitig fragend und eingeschüchtert an. Es hatte sich nicht so klein angefühlt. Etwas vom Beben schwang auch in Frieda nach. Das Gefühl, nirgendwo sicher zu sein. Wenn es stürmte, versteckte man sich lieber drinnen. Wenn man in ein Loch fiel, kletterte man wieder hinaus. Wen in der Wüste Durst plagte, der suchte eine Oase. Wer in Seenot war, strebte Richtung Land. Turbulenzen im Flugzeug? Die Sehnsucht zu landen. Doch wenn die Erde bebte, wo ging man hin? Der Urinstinkt, sich zu schützen, Rettung zu suchen, war da. Doch die Richtung, der Kompass, fehlten. Wenn Mutter Erde, die doch sonst Halt und Sicherheit ausstrahlte, dich durchschüttelte, wo solltest du hin? Für einen Moment war das Gefühl des Verlorenseins wieder zurück. Wie beim auseinandergebrochenen Kuchen, als sie nicht gewusst hatte, wohin. Nur Sekunden dauerte das kleine Beben. Doch für sie war es eine Erfahrung von etwas Großem. So viel Erlebtes.

Heute rufe ich Felipe an.

*

Hi, wie geht es dir?

Gut. Und wie ist es bei dir? fragte Felipe.

Es ist sehr schön. Aber heute gab es ein kleines Erdbeben.

Oh, geht es dir gut?

Ja, es ist nichts passiert, aber es fühlte sich wirklich komisch an.

Das glaube ich.

Kurzes Schweigen.

Ich weiß nicht, ob ich dir Fotos schicken oder etwas erzählen soll. Willst du überhaupt was hören? fragte Frieda schließlich.

Natürlich, ich will schon, antwortete er. Es ist nur immer noch schwer für mich, zu glauben, dass du wirklich dort bist.

Ich verstehe. Frieda seufzte.

Wie sind die Mexikaner? fragte Felipe.

Nett. Aber keiner macht mich an, erwiderte Frieda und lachte.

Das kann ich nicht glauben, scherzte Felipe zurück.

Heute habe ich Delphine gesehen. Ich hab dich vermisst.

Irgendwann sehen wir welche zusammen. Wenn du mich mal mit in den Urlaub nimmst.

Na gut, nächstes Mal, sagte Frieda und schmunzelte.

Es tat gut, gemeinsam über den Streit, der sie entzweit hatte, zu scherzen. Es war klar, das alles war noch nicht endgültig vorbei und vergessen. Aber es war ein erster Schritt der erneuten Annäherung, so wie bei einem Tanz. Mal eng aneinandergeschmiegt, dann voneinander weggestoßen, den Kopf abwendend, flüchtend, vom anderen mal sanft, mal heftig zurückgeholt.

Es war vielleicht einfacher, solo zu tanzen, auch wenn auf eine andere Weise schwierig genug. Doch Frieda begann zu verstehen. Sie musste sich um sich kümmern, die wertvoll gewordenen Routinen in den Alltag mitnehmen, die innere Ruhe von Mexiko nach Frankfurt tragen, um dann voll neu aufgeladener Energie einen Tanz weiterzuführen, auf den sie sich vor Monaten eingelassen und eingeschworen hatte.

If only you set your mind on it. Sie konnte Felipe nicht nur gewinnen, sie konnte auch mit ihm tanzen lernen.

*

An der Uni und in der Schule hatte sie bereits ein wenig Spanisch gelernt. Daher fiel es ihr leicht, nach dieser ersten Woche lange Konversationen mit ihrer Lehrerin zu führen. Eloisa hatte kurze, elegant geschnittene schwarze Haare, einen kleinen, schlanken Körper mit latein-amerikanischen Rundungen und zwei Reihen perfekt strahlender Zähne, trug immer roten Lippenstift und trotz ihrer fünfzig Jahre figurbetonte Kleidung. Sie war in zweiter Ehe mit einem Kanadier verheiratet, mit dem sie eine kleine Tochter hatte. Zusammen mit den drei älteren Kindern aus erster Ehe waren sie ihr größtes Glück. Geduldig, aber resolut korrigierte sie Frieda beim Sprechen. Das Lehren war nicht ihr Beruf, es war ihre Passion.

Eloisa und Frieda hielten sich an keinerlei Textbuch, sie sprachen vom Leben, der Liebe, von diesem oder jenem. Bald war da ein Vertrauen, das tiefer Freundschaft fast ähnelte. Sie hatten Freude an ihrem Dialog, es war ihnen die liebste Stunde am Tag.

Warum ist deine erste Ehe gescheitert? wollte Frieda von Eloisa wissen.

Wir waren sehr jung. Wir hatten sehr unterschiedliche Bedürfnisse und er unterstützte mich nicht. Ich machte den Haushalt, versorgte die Kinder und musste für andere noch nähen, damit das Geld reichte. Er ging immer arbeiten und mit Freunden trinken. Für uns, für die Kinder, für mich blieb keine Zeit. Ich war rund um die Uhr nur für andere da, aber es war nie genug. Ich war überfordert und traurig. Und ich machte den Fehler, immer zu vergleichen, was der eine von uns für den anderen tat. Darum geht es aber nicht. Es ist wichtig, als Team gemeinsame Ziele zu verfolgen und dem anderen Freiraum zu geben für eigene Bedürfnisse, denn nur, wenn es einem gut geht, kann man für andere da sein. Wie es für ihn war, weiß ich ehrlich gesagt nicht. Denn das war das eigentlich größte Problem. Die mangelnde Kommunikation. So viel blieb unausgesprochen. Und wenn man mal reden wollte, verstanden wir uns einfach nicht. Aber ohne Kommunikation gibt es keine Beziehung. Also ließen wir es schließlich sein. Sprache ist so, so wichtig. Deswegen sind wir beide heute ja auch hier. Wir reden, du lernst eine Sprache, ich bringe sie dir bei. Zwischen Mann und Frau muss man auch eine gemeinsame Sprache finden. Das ist oft gar nicht so leicht.

In welcher Sprache sprichst du mit deinem heutigen Mann?

Mit Neil spreche ich Englisch. Aber das ist nicht der Punkt. Mein erster Mann war Mexikaner. Aber wir verstanden uns nicht. Es geht um die gemeinsame Sprachebene. Verstehst du, was ich damit sagen will?

Ja, ich denke schon. Mein Freund ist Brasilianer. Wir sprechen Englisch. Aber das ist nicht das Problem. Ich glaube, das Problem ist, dass wir vieles gar nicht sagen. Und wenn doch, hört Felipe nur, was er will. Er hört die ersten Worte und interpretiert schon etwas hinein. Er lässt mich gar nicht ausreden und hört mir nicht zu.

Ja, das ist schwierig. Gute Kommunikation ist das A und O. In allen Lebensbereichen. Aber vor allem in einer Liebesbeziehung.

Kann man das lernen? wollte Frieda wissen.

Ja, aber es ist schwerer als Spanisch! Eloisa lachte. Es gibt keine klaren, gesetzten Regeln. Ihr müsst eure eigenen finden. Eure eigene gemeinsame Sprache mit ihrer eigenen Grammatik. Und eventuell verändert sie sich. Man ist nie ganz fertig mit dem Suchen nach der gemeinsamen Sprache. Jeder muss individuell navigieren.

Frieda dachte an das Lied, das Felipe ihr geschickt hatte. Wenn Worte meine Sprache wären. Er hatte ihr nicht sagen können, wie sehr er sie mochte. Er hatte sich des Textes eines anderen bedient. Und egal, wie eloquent sie in vielen Situationen sein mochte, bei ihm war sie ein ums andere Mal stumm. Es gab diesen Eisberg an Gedanken und Gefühlen, der zwischen ihnen im Verborgenen blieb. Und an der Spitze stießen sie sich regelmäßig.

Es ist die wichtigste und anstrengendste Arbeit in einer Beziehung, sprach Eloisa weiter. Aber sie lohnt sich. Folge deiner Intuition. Kompromisse sind wichtig. Aber du bist es auch. Du musst selbst spüren, wann ist es richtig, wann ist es genug.

Frieda beschäftigten diese Worte den ganzen restlichen Tag. Wann war es richtig, wann war es genug? Hätte sie den Kompromiss mit Portugal eingehen sollen? Aber wegen des Covid-Ausbruchs dort war diese Option schnell nicht mehr realistisch gewesen. Und es war auch nicht nur diese eine Situation. Wie entschied man im Sinne einer Beziehung und blieb sich selbst doch immer treu? Eloisa hatte gesagt: Folge deiner Intuition. Laut den Büchern, die sie gerade las, saß diese genau in ihrem dritten Auge. Die Weisheit der Welt, ein angeborenes Wissen über Richtig und Gut. Oft überlagert von auf Erfahrungen und Erziehung basierten Wertvorstellungen, die eine zweite, andere Art der Intuition hervorriefen. Doch jede Antwort war schon von Anfang an in uns drin. Man musste nur hinsehen und hinhören. Und dafür mussten Körper und Geist ab und zu eins sein: einfach mal still.

*

Die Wellen am Playa Zicatela waren heute zu groß für die Surf-Schüler. Sie nahmen den Bus und fuhren zu einer kleinen Bucht, die von hohen Felsen eingerahmt war. Der Strandabschnitt war schmal, nicht sehr lang, aber die Felsenzunge ragte hunderte Meter hinaus, bis die Bucht sich zum Meer öffnete. Die Wellen, die sich hier formten, waren klein, aber lang. Wenn man sie am Eingang der Bucht nahm, konnte man bis zum Strand durchgängig surfen.

Bisher hatte Frieda immer nur kurz auf dem Brett gestanden. Wenn sie den Take-off schaffte, war die Welle schon fast wieder vorüber. Dies hier war eine

Chance, das Gefühl des Wellenreitens wirklich zu erleben.

Pedro, einer der Coaches, gab ihr ein etwas kleineres Board.

Ich dachte, für kleine Wellen sind große Boards besser? protestierte Frieda, als sie sah, dass fast alle anderen Mädchen die langen, breiten und dicken Soft-Boards entgegennahmen.

Wir haben nicht genug von den großen Boards, flüsterte Pedro. Du gehörst zu den Besseren. Du schaffst das schon mit dem kleineren hier. Er klopfte ihr mit einem Augenzwinkern auf die Schulter und rief dann allen zu: Vamos! Schnappt euch eure Boards. Es geht los.

Vom Parkplatz mussten sie eine Treppe hinunter zur Bucht klettern. Frieda fluchte währenddessen innerlich. Sie wollte so gern eine lange Welle reiten. Mit dem kleinen Board schaffte sie es vielleicht nicht.

Nachdem sie sich kurz aufgewärmt hatten, paddelten sie gemeinsam raus in die Bucht. Das Wasser leuchtete türkis und hellblau, außer ihnen war kein Mensch hier. Die Sonne blendete im Gesicht, immer wieder rollten die gleichmäßigen, sanften Wellen an ihnen vorbei. Als sie am Ende der Bucht angekommen waren, brachten die Coaches sie nacheinander in Position und schoben sie mit festem Druck in die Wellen. Eine nach der anderen fiel direkt wieder ins Wasser, manche schafften den Take-off, sprangen und fielen kurz danach aber wieder ab.

Pedro summte vor sich hin. Balance, Balance, sagte er zu Frieda, als sie dran war. Ihr braucht alle eine bessere Balance. Damit ihr auch mal auf dem Brett stehen bleibt.

Auf dem großen Brett wäre das einfacher, dachte Frieda insgeheim. Dann zwang sie sich aber, sich zu konzentrieren. Das hatte sie die letzte Woche gelernt. Sich immer auf die aktuelle Aufgabe konzentrieren, nicht rumwackeln, nicht abschweifen, im Moment bleiben.

Du schaffst das, sagte Pedro, als ob er ihre Gedanken lesen könnte.

Frieda lag auf dem Bauch und drehte sich um. Pedro hielt ihr Brett hinten fest und sah selbst nach den Wellen. Diese! rief er, als die nächste langsam anrollte. Go!

Er stieß sie an und sie drückte sich mit den Händen hoch, schob den linken Fuß vorwärts, zog den rechten unter dem Körper nach. Als sie die Hände vom Brett löste, wackelte sie kurz und fiel nach nicht einmal einer Sekunde ins Meer.

Das Brett ist zu klein, fluchte sie innerlich und schlug frustriert mit der Hand auf die Wasseroberfläche. Ein erstes Mädchen hatte es inzwischen geschafft. Es schwebte jubelnd auf der Endlos-Welle entlang, während die Coaches pfiffen und anerkennend schrien. Natürlich hatte sie eins der großen Bretter. Frieda fand das unfair. Aber dann besann sie sich.

If only you set your mind on it.

Bethany hätte sich nicht so leicht unterkriegen lassen oder nach Ausreden gesucht. Und hatte Henry Ford nicht einmal gesagt: He who thinks he can and he who thinks he can't are both usually right? Es gab schließlich einen Grund, warum sie ein kleineres Brett erhalten hatte. Sie war gut. Sie konnte das. Darauf musste sie sich konzentrieren, nicht auf eine angebliche Ungerechtigkeit, nicht schon jetzt eine vertane Chance beklagen, die doch noch zu nutzen war. Sie dachte an Bethany, sie dachte an Frida.

Dann sammelte sie ihre ganze Konzentration. Sie begann ruhig zu atmen. Sie fixierte den Strand und sah nicht mehr hinter sich. Pedro hatte die Wellen im Blick. Sie musste nicht danach sehen. Auch nicht nach links und nach rechts schauen, was die anderen Mädchen taten. Jede von ihnen war aus einem anderen Grund war hier. Sie musste nach vorn schauen, ihr eigenes Ziel fokussieren.

Jetzt aber, sagte Pedro. Mach dich fertig, die Welle kommt. Sie war fertig, sie war bereit. Pedro schrie: Go!, stieß das Brett an, sie drückte sich hoch, schob den Fuß vor, stand auf. Die Welle trug und trug sie. Endlich hatte sie es geschafft! Sie war schwerelos, hörte das Jubeln, vor ihr nur die leere Bucht und der Strand. Sie musste so heftig grinsen, und ein Gluckser drückte fest gegen die Brust, also ließ sie ihn raus. Sie gluckste und grinste und lachte. Und sie schwebte den ganzen Weg bis zum Strand. Es waren vielleicht 200 Meter. Aber es fühlte sich an wie ein Leben lang. Wie ein Leben, das nur aus dem einen Moment bestand. Es gab nichts anderes, kein Gestern, kein Morgen, keine

Vergleiche und keine Sorgen. Auf dieser Welle war nur sie und es war ihr, es war Friedas Moment!

*

Als sie am Abend ins Bett ging, rief sie Felipe an. Ich bin gesurft! Auf einer Welle. Ganz lang!

Das ist ein megacooles Gefühl, oder? antwortete er.

Ja, unbeschreiblich.

Als sie später *Meditation Now* las, stand sinngemäß da: Das Leben ist wie eine Welle, die sich aufbaut und wieder Teil des Ozeans wird. Wir sind Teil eines großen Ganzen, heben uns während unseres Lebens nur wie eine Welle kurz aus der Masse ab und gehen am Ende des Lebens wieder gänzlich in ihr auf.

Ja, dachte Frieda, das Leben ist wahrscheinlich wirklich ziemlich kurz. Selbst die längste Welle war ein Nichts im Vergleich zu der Endlosigkeit von Masse und Zeit. Besser, man konzentrierte sich auf diesen einen so kostbaren Moment. Besser, sie genoss ihren Ritt.

KAPITEL 15

August – September 2020
DER HERBST BRINGT DIE TRAUBEN

Frankfurt

Musik. Wann hatte Frieda eigentlich aufgehört, Musik zu hören? Das Ironische war, dass sie heute, da Musik über Spotify, Apple Music oder YouTube rund um die Uhr verfügbar war, weniger hörte als zu jener Zeit, als sie gebrannte CDs von ihren Verehrern bekommen hatte. Mit schwarzem Filzstift auf die Scheiben geschriebene Widmungen, Lieder, die Emotionen und Erinnerungen weckten. Lieder, die sich nach Leben anfühlten. Nach Festen, Tanzen, einsamen oder gemeinsamen Nächten, Herzschmerz und Glück. Ein Klang nur und das Blut begann heißer zu pulsieren, die Füße zu kribbeln, das Bein zu wippen, das Herz schneller zu hüpfen oder schmerzhaft zu ziehen.

Aber wie wählte man heute bei dem unendlichen Angebot aus? Eine CD einzulegen war eine einfache Entscheidung. Einen von Millionen von Songs zu wählen überforderte sie. Und so saß sie in der Stille ihrer Wohnung. Sah aus dem Fenster, erste gelbe Verfärbungen an den Blättern, am Baum.

Ich sollte mich sozial engagieren, dachte sie. So viele

Leute brauchen Hilfe. Ich habe wieder Kraft, ich habe Zeit. Ich sollte Yoga machen. Meditieren. Schreiben. Etwas für Felipe kochen. Doch stattdessen tat sie nichts. Sah aus dem Fenster. Warum konnte sie ihre Tage nicht so diszipliniert angehen wie in Mexiko? War es das Meer, das fehlte? Der Druck, den Schulbus zu erwischen? Die festen Zeiten des Surfkurses? War es die Abhängigkeit ihres Tagesablaufes von anderen Menschen, war es die Interaktion? Je mehr Zeit sie hatte, desto weniger schien sie zu schaffen. Je mehr Freiheit sie hatte, je weniger sie irgendjemandem eine Antwort schuldete, desto langsamer und leerer zogen die Stunden an ihr vorbei. Was hatte es gebracht, das alles, was sie gelernt hatte, was sie in der Theorie wusste? Mit jeder Wolke, die an ihrem Fensteraus-schnitt Richtung Herbst vorbeizog, versank sie tiefer in den dumpfen Sumpf ihres unterforderten Hirns.

Sie hatte versucht, wieder in die Welt hinter ihrem dritten Auge einzutauchen, aber es wollte ihr nicht mehr gelingen. Seufzend gab sie auf, wenn ihre Füße im Schneidersitz einschliefen. Gedanken wie Wolken ziehen lassen. Wie ging das, wenn in der Stille ein Sturm brodelte, wenn die eine von der anderen Wolke nicht mehr zu unterscheiden war? Ein schwarzes Wol-kenmeer, aus dem Blitze zuckten, ein Chaos, ein Don-nern, ein Tosen, eine Flut – sie ließ sie ziehen, doch es hörte nicht auf.

Sie hatte Lockenwickler in der Bettschublade ge-sucht und die CDs gefunden. Sie holte ihren alten

PC, der noch ein CD-Laufwerk hatte, aus den Tiefen einer anderen Schublade und hörte die Lieder ihre Jugend. Eine Jugend, als sie an der Supermarktkasse gearbeitet hatte, nur um die Tankfüllungen bezahlen zu können, die sie durch den nächtlichen Spessart trugen. Die Fensterscheiben, auch im tiefsten Winter heruntergelassen, den Fahrtwind im Gesicht, Dunkelheit, nur sie, der Wald und Musik. *A sky full of stars.* Und so viel Gefühl, so viel Gefühl! Die Musik, die Musik. Sie forderte mit jedem Ton, mit jedem Takt Bewegung, Aktion. Der Mensch war nicht für Taten- und Bewegungslosigkeit gemacht.

Last night a DJ saved my life.

*

Felipe wollte nicht viel von Mexiko wissen. Aber er umarmte Frieda, als ob er sie nie wieder gehen lassen wollte.

Ich habe im November Urlaub genommen. Lass uns die Reise nach Brasilien planen. Vielleicht ist es dann schon wieder möglich, dort einzureisen. Wenn nicht, entscheiden wir spontan.

Klingt gut, stimmte Frieda zu. Ich fange schon mal an, Portugiesisch zu lernen.

Besser als Spanisch. Den Seitenhieb konnte Felipe sich nicht verkneifen.

Mexiko würde wohl noch lange diese Sache sein, die sie entzweite, der Stein des Anstoßes. Doch Frieda bereute nichts. Musste man nicht jede Chance nutzen, gerade in Zeiten wie diesen? War das Leben nicht zu kurz, als dass man immer auf jede Befindlichkeit Rücksicht nehmen sollte? Musste man nicht auch manchmal die Wellen reiten, die riskant waren, vor denen andere einen warnten, musste man nicht auch etwas wagen? Ihr Mut war belohnt worden. Sie bereute nichts.

Während Yoga und Meditation an den meisten Tagen auf der Strecke blieben, widmete Frieda sich mit neuem Elan den Portugiesisch-Büchern. Sprachen lernen hatte ihr immer Spaß gemacht, in Mexiko hatte sie gemerkt, wie gut es ihr tat, ihr Hirn wieder zu fordern. Während sie auf der Couch lag und mit der merkwürdigen Aussprache haderte, klingelte ihr Handy.

Hi, Frieda, Dean hier.

Hi, Dean, wie geht's?

Gut, gut, Frieda. Und dir?

Auch gut.

Schön. Hör zu, Frieda. Das Geschäft zieht wieder etwas an. Wir brauchen dich. Mit Asien und Amerika geht zwar immer noch nichts, aber wir haben einige Projekte, bei denen du uns unterstützen kannst. Ich möchte gern, dass du wieder ein bis zwei Tage die Woche arbeitest.

Oh, das ist doch super.

Nächste Woche geht's los. Im Büro, wenn du einverstanden bist, Homeoffice, wenn nicht. Wäre Dienstag gut?

Klingt super. Ich freu mich.

Wir uns auch auf dich. Bis dann.

Bis dann.

＊

Die ein bis zwei Tage Arbeit pro Woche waren perfekt. Frieda fühlte sich nützlich, genoss die Konversationen mit den Kollegen, die kleinen und großen Herausforderungen, das Gefühl, wenn eine Aufgabe erfolgreich abgeschlossen war, das Gefühl, etwas geschafft zu haben. Bei den Dingen, die in letzter Zeit ihre Tage gefüllt hatten, hatte es nie einen Abschluss gegeben. Mit dem Lernen einer Sprache, mit Meditieren oder Sport wurde man nie wirklich fertig, geschweige denn mit dem Haushalt. Nun gab es Deadlines, eine Präsentation musste erstellt, eine Berechnung abgeschlossen werden. An den anderen Tagen hatte sie ihre Freizeit und Freiheit. Und die konnte sie jetzt wieder viel mehr genießen.

Balance, Balance. Das eine ohne das andere war wertlos. Sie war wertlos oder hatte sich zumindest wertlos gefühlt. Es ist dieser Wechsel zwischen Ruhen und Tun, zwischen Stille und Hektik, es ist die Pause zwischen zwei Takten, die die Musik voll zum Klingen bringt.

＊

Im Büro ging es hoch her. Ein Kollege hatte Geburtstag, hatte Kuchen und Muffins vom Bäcker mitgebracht.

Nichts Selbstgebackenes? Hast du keine Frau? frotzelten die Kollegen. Frieda wand sich innerlich. Diese Geschlechter-Klischees, die selbst im Jahr 2020 noch immer an allen klebten. Und die Erinnerung an ihren auf dem Boden gelandeten Käsekuchen. Das Symbol ihres Scheiterns, der Auslöser eines schmachvollen Abstiegs in eine Welt, die sie nie wieder betreten wollte.

Ihr Handy klingelte und riss sie aus den Gedanken. Sie entfernte sich aus der Büroküche und nahm das Gespräch im hinteren Teil des Flurs an.

Hi, ich bin's, hörte sie Felipe sagen. Wie geht's?

Alles gut, wir feiern gerade den Geburtstag eines Kollegen.

Ah, schön. Hör zu, ab dem 24. September kann man wieder nach Brasilien einreisen! erzählte Felipe aufgeregt. Ich wusste doch, dass das nicht mehr lange dauern würde! Frag deinen Chef gleich nach Urlaub.

Das ist ja mega! freute sich Frieda. Ja, klar. Ich hab noch vier Wochen.

Nimm alle vier, forderte Felipe. Wenn wir zurückkommen, müssen wir leider in Quarantäne.

Ich kann auch von zu Hause aus arbeiten.

Umso besser. Aber klär es lieber ab.

Ja, mach ich. Wow, ich freu mich so!

Ja, lass uns einen Flug buchen.

Frieda schluckte. Sie hatte schon Schulden bei ihrer Mutter und ihr Gehalt hatte sich durch die zwei Arbeitstage nicht verändert. Noch immer erhielt sie bloß sechzig Prozent ihres eigentlichen Lohns. Womit also den Flug bezahlen? Felipe konnte sie davon nichts sagen. Er würde nur in Frage stellen, warum sie Geld für die Spanien- und Mexiko-Reisen gehabt hatte, für Rio aber nicht. Sie musste sich etwas einfallen lassen.

Okay.

Perfekt. Bis heute Abend, Babe.

Bis dann.

*

Dean nach Urlaub zu fragen, das konnte sie gleich am selben Nachmittag erledigen. Aber woher sollte sie das Geld für die Reise nehmen? Felipe wollte vielleicht heute schon buchen. Sie brauchte dringend einen Plan. Auf den Bildschirm mit der Präsentation, an der sie gerade arbeitete, starrend, dachte sie fieberhaft nach. Schließlich fiel ihr etwas ein. Sie hatte früher an der Kasse gearbeitet. Also warum nicht wieder? Geschäfte des täglichen Bedarfs waren die Gewinner der Pandemie. Sie würde direkt abends auf dem Heimweg bei der Drogerie um die Ecke anfragen. Solange sie noch in Kurzarbeit war, würde der Nebenjob kein Problem darstellen. Sie könnte die Reise bezahlen, ihre Schulden begleichen, etwas beiseitelegen.

*

Als Frieda in der Bahn saß, schrieb Felipe ihr: *Lass uns heute schön essen gehen. Ich führe dich aus.*

Sie begann ein wenig zu schwitzen. Wegen der langen Lockdowns waren sie bisher selten in Restaurants gewesen. Ihre Welt beschränkte sich meist auf ihre Wohnungen und Spaziergänge im Viertel. Daher war es etwas Besonderes, sie wollte sich zurechtmachen und gut aussehen, aber vorher musste sie noch in die Drogerie. Zum Glück lief es dort einfacher als gedacht. Sie konnte direkt mit der Filialleitung sprechen, und die bat sie gleich am kommenden Montag zum Probearbeiten zu kommen – mit Aussicht auf einen Minijob, einen Tag die Woche, jeweils 7,5 Stunden. Es war ein bittersüßes Gefühl. So einfach, an weitere Arbeit und frisches Geld zu kommen. Doch gleichzeitig fühlte es sich wie ein Rückschritt an. Es passte nicht mehr zu ihrer Vorstellung von sich, zu einer erfolgreichen, jungen Karrierefrau. Aber sie würde es nicht lange machen müssen und es war schließlich für einen guten Zweck. Sie wollte nach Rio reisen, Felipes Heimat und Familie kennenlernen und ihn besser verstehen.

*

Felipe führte Frieda in ein brasilianisches Restaurant im Westend aus. Wie alles hier war es todschick und das Licht dezent gedämpft, die Cocktails und Speisen hatten witzige Namen, die Einrichtung war voll bunter Tapeten, Vasen und Lampenschirmen. Alles in allem sehr extravagant. Die Preise waren ähnlich gesalzen wie das Rinderfilet in Acai-Sauce mit frittiertem Maniok, aber zum Glück war Frieda ja eingeladen. Sanft waberte Bossa-Nova-Lounge-Musik aus den Lautsprechern, Felipe war gelöst, voller Vorfreude und Tatendrang.

Nach dem gelungenen Abend schlenderten sie mit vollen Mägen durch die bereits dunklen Straßen des Viertels. Laternen strahlten die verfärbten Blätter der Bäume an, aus den Vorgärten drang der intensive Duft verblühenden Verfalls. Sie wollte die Stimmung von Aufbruch und Fortschritt nicht verderben, hatte aber das Gefühl, sie müsse ehrlich sein. Also erzählte sie Felipe, dass sie sich einen Nebenjob im Einzelhandel gesucht hatte.

Erstaunt hob er die linke Augenbraue. Warum denn das?

Ich bin jetzt schon lange in Kurzarbeit und weiß nicht, wie lange das noch andauert. Ich brauche Geld, möchte genug für unsere Reise haben und auch etwas sparen können.

Er hielt sie am Arm fest und zog sie zu sich.

Ich kann den Flug zahlen, Babe. Mach dir deswegen keine Gedanken.

Das hatte sie nicht erwartet. Sie hatte gedacht, er würde wieder mit Mexiko anfangen. Oder auch Spanien. Aber das hatte sie nicht kommen sehen.

Sie schüttelte den Kopf. Quatsch, das musst du nicht. Ich habe ja Zeit, ich kann doch dort arbeiten und so mein Gehalt aufbessern. Es geht ja nicht nur um den Flug nach Brasilien.

Aber warum denn so ein Job? Du bist total überqualifiziert!

Weil es einfach ist und weil sie gerade Leute suchen. Ich kann direkt anfangen, wahrscheinlich sogar bei der Drogerie direkt bei uns um die Ecke. Ich kann auch jederzeit wieder aufhören. Die Bezahlung ist okay, ich kann selbst günstiger dort einkaufen, ich habe Erfahrung und mag den Laden. Warum also nicht?

Felipe war nicht überzeugt, gab sich aber vorerst mit ihrer Erklärung zufrieden. Sie liefen weiter, und er ging nicht mehr darauf ein, so als wolle er die unangenehme Wendung des Abends einfach ignorieren. Nichts sollte die Romantik, das Gefühl lukullischen Genusses und die Vorfreude auf eine lustvolle Nacht sowie eine abenteuerliche Reise in tropische Gefilde zerstören. Schon gar nicht ein so profaner Gedanke wie der an mühsam verdientes Geld.

*

Das Probearbeiten verlief erwartungsgemäß gut. Frieda bekam den Job. Der Urlaub war von Dean auch genehmigt worden und während der zweiwöchigen Quarantäne nach ihrer Reise würde sie wie erhofft von zu Hause aus arbeiten dürfen. In der Drogerie würde sie im November einfach einen Monat aussetzen. Alles war geregelt. Sie könnte sorglos sein. Doch Felipe ließ wegen des Jobs nicht locker.

Sie lagen nach einer herrlichen Runde von wild-romantischem, für sie inzwischen typischem Sex auf seinem Bett und starrten gemeinsam die Zimmerdecke an.

Bitte, Babe, ich zahl den Flug, wir wohnen bei meiner Mutter, und was wir sonst dort brauchen, zahle ich auch.

Frieda drehte sich auf die Seite und strich mit der Hand über seine Wange. Das ist so lieb von dir. Aber es geht doch gar nicht nur um diese Reise.

Wie hast du denn die letzten beiden bezahlt?

Sie drehte sich wieder auf den Rücken und stieß gepresst hervor: Spanien von meinen letzten Ersparnissen. Und für Mexiko hab ich mir Geld von meiner Mutter geliehen.

Das wusste ich nicht.

Frieda schwieg. Felipe hatte ja kaum über Mexiko sprechen wollen. Woher sollte er es also wissen?

Es ist ja nicht für ewig, verteidigte Frieda sich weiter. Sobald ich wieder mehr in meinem eigentlichen Job arbeiten kann, werde ich an der Kasse natürlich aufhören.

Er seufzte. Ich will für dich sorgen, Frieda, sagte er leise und sah sie ernst an.

Eigentlich sollte es wunderschön sein, das zu hören. Sicher träumten viele Frauen von solch einem Moment. Aber ihr war es fast unangenehm. Sie hatte immer unabhängig sein wollen, schon mit vierzehn ihr Taschengeld mit diversen Nebenjobs aufgebessert. Sie hatte den Tag gar nicht erwarten können, an dem sie nicht mehr auf die Unterstützung ihrer Mutter angewiesen war. Wenige Monate hatte das Glück angedauert, dann war sie plötzlich vom Staat abhängig gewesen. Nun bezog sie Kurzarbeitergeld, hatte Schulden bei ihrer Mutter und sollte sich noch dazu von einem Mann aushalten lassen? Das ging einfach nicht.

Danke, sagte sie daher einfach nur und küsste ihn.

Wenn Worte bloß meine Sprache wären!

*

Es ging Frieda besser, drei Tage der Woche waren nun ausgefüllt. Doch sie fühlte sich müde, die Arbeit strengte sie an. Noch immer war ihr die Fahrt in der S-Bahn zu Stoßzeiten unangenehm. Zu viele Leute, alle mit Masken, die zweite Welle, sie rollte mit Macht und Getöse heran, Politiker und Laien stritten sich wie kämpfende Hähne, die Gesellschaft, zerbrochen, entzweit. Risse gingen durch ganze Familien, Freundschaften waren auf einen neuen Prüfstand gestellt. Homeoffice und Abstandsregeln. Wer durfte sich mit wem und mit wie vielen treffen? Schulen wieder geschlossen. Besuche in Heimen, wer kannte sich noch aus? Eine Unruhe lag in der Luft, dunkle Gesichter, Angst vor einem langen, bedrückenden Winter.

Aber sie hatte etwas, worauf sie sich freuen konnte: Brasilien. Sie hatte Felipe und das jeden Tag. Sie hatte zwei Jobs und trotzdem viel Freizeit. Aber irgendetwas fühlte sich immer noch falsch an. Als ob sie es nicht verdiente. Als ob es nur ein versteckter Traum in einem Albtraum war. In ihr noch die Panik, gesehen zu werden. Konnte man ihre Angstzustände spüren? Wussten die Menschen, dass sie manchmal bewegungslos war, gelähmt von ihren Gedanken? Wenn sie zu dicht beieinanderstanden, wie Furcht langsam aufstieg, so wie Wasser in einer Badewanne. Höher und höher, der Hahn ließ sich nicht zudrehen, bald stand es ihr bis zum Hals. Sie schnappte nach Luft, schon bevor sie ganz unterging, hastige Atemzüge, kaum Ausatmen, bloß nicht zu viel kostbaren Sauerstoff verlieren. Eine Maske, die unter die Nase gerutscht war. Ein Arm, der sie streifte. Sie hatte nicht einmal Angst vor Covid. Ihr ging es doch gut. Sie wusste schlicht nicht, was es war.

*

Die Skyline versank in einem Meer von Rot und Orange. Auf dem Main glitzerte die Abendsonne, die Boote und Stand Up Paddles schaukelten sacht und verzückt in den sanften Wellen des Flusses. An den Ufern schlenderten die Pärchen, Hunde zogen auf Entenjagd an den Leinen, Kinder auf Rollern und Rädern, Jogger und Inlineskater drängten an den Spaziergängern vorbei. Felipe und Frieda versanken in den

Stoff-Klappstühlen der brasilianischen Cocktailbar und sahen schweigend auf das bewegte Stillleben.

Jeder schien diesen vielleicht letzten warmen Herbsttag aufsaugen zu wollen. Niemand wusste, was nach dem Sommer kam.

Ich liebe dich, sagte Felipe und sah sie mit glänzenden Augen erwartungsvoll an.

Ihr Herz klopfte.

Ich liebe dich auch.

Das kam wie automatisch, wie das »Ja« nach dem Ring. Was anderes sollte sie auch sagen? Sie wusste nicht, was Liebe wirklich ausmachte. Sie hatte Gefühle, sie hatte Schmetterlinge im Bauch. Sie wollte gefallen, sie wollte etwas bauen. Sie wollte Felipe und er wollte sie. Doch was war nun Liebe, wann wusste man es? Es sollte ihm gut gehen, doch ihr bitte auch. Was, wenn sein Wunsch und Begehren ihren Interessen entgegenstanden? Was, wenn sie nicht tat, was er wollte, sie ihn unglücklich machte, er sie einengte, beleidigte, bedrängte, wenn sie nur müde war?

Doch sie beschloss, heute nur zu genießen. Jeden Tag gab ihr Felipe mehr. Mehr von seiner Zeit, mehr Freiräume, Streicheleinheiten, Verständnis, Kompromissbereitschaft. Vielleicht war es das, was zeigte, dass er sie wirklich liebte. Doch was war mit ihr? Sie hatte alles gegeben, um sich selbst zu beweisen, dass sie ihn haben konnte. Doch als sie ihn hatte, ließ sie in ihrem Streben tagtäglich ein bisschen mehr nach. Es hatte sie ausgelaugt – zusammen mit allem, was um sie herum und in ihrem Leben geschah. Noch immer war Energie eine knappe Ressource. Ich bin ein Quell unendlicher Energie, war ein Mantra in einer ihrer Meditationen. Doch die Batterie war immer schnell wieder leer. Nach einem anstrengenden Tag im Büro, wenn die Kunden im Laden unfreundlich waren, wenn es beim Pendeln zu wenig Sauerstoff gab. Um die Batterien zu laden, musste sie sich bewegen, doch Bewegung an sich benötigte zunächst Energie. Das bekannte Henne-Ei-Problem. Lass die Wolken einfach ziehen, genieße diesen einzigartigen Moment. Nur einmal wird er zum ersten Mal »Ich liebe dich« gesagt haben. Wenn du jetzt, genau jetzt, nicht hier bei dir bist, wird die Erinnerung in deinem Wolkenkopf untergehen.

KAPITEL 16

November 2020
ALLES FLIESST

Rio de Janeiro

Zitronengelb leuchtete der Bikini der dunklen Schönheit mit der Sonne über Ipanema um die Wette. Ihr krauses Haar war zu einem dicken Zopf gebunden, ihre Augen glichen übergroßen Mandeln, sie glänzten tiefschwarz, wenn sie lachte und eine kleine Lücke zwischen den Vorderzähnen entblößte. Neben ihr stand eine große Kühlbox, aus den Lautsprechern drang fröhliche Samba-Musik. Halbstarke spielten Footvolley, die schlanken Leiber glänzten vor Schweiß. Ein alter Kerl in knappem Badehöschen lief protzend am Strandrand entlang, da, wo die Wellen tosend an Land schlugen und Kinder jauchzend ins Wasser sprangen. Seine Muskeln gestählt, die Haut schwarz gegerbt von der ewigen Sonne. Die Brille die Seele verbergend. Das Äußere war das, was hier zählte.

Der Ort, der all die Klischees erfüllte, der magische Dunst, der bei Sonnenuntergang über der ganzen Stadt hing, das Leben, das wie geballt, komprimiert in der Luft vibrierte, die Bälle, die wie Schatten vor den steilen, rundköpfigen Hügeln in den Himmel flogen, die Menschen wie Scherenschnitte vor dem unwirklichen Licht.

Frieda hatte sich verliebt, in dem Moment, als sie den Fuß auf brasilianischen Boden gesetzt hatte. Aber sie war wie gebannt, als sie das erste Mal Ipanema sah. Sie wollte das Gefühl einfangen, in eine Flasche einsperren und fest verschließen, immer mit sich herumtragen, niemals wieder verlieren.

Felipe trug sie auf Händen. Ein Konzert am Strand, sie ganz vorn in der ersten Reihe. Ein Freund von ihm der Sänger, danach Backstage, Fotos und Drinks. Ein romantischer Bootsausflug auf die Insel Gigóia, Hand in Hand schlenderten sie durch die Gässchen, dem Trubel der Großstadt entflohen, nur Tiere und Pflanzen und Häuschen mit bunten Fassaden, Traumfänger über einer Eingangstür. Ein kühles Getränk am Strand Prainha, wo Felipe sich mit den anderen Surfern in die Wellen stürzte, hinter ihnen Urwald-Dschungel, der sich steil den Berg hinaufwand, ein Nationalpark mit ständig bekifftem Wächter.

Schicke Boutiquen in Leblon, in die Felipe Frieda mit seiner Schwester Laila schickte, lange, bunte Sommerkleider, Sandalen in allen Farben des Regenbogens, dazu ein Salat bei Bibi Suco und ein kühles tiefschwarzes Acai. Ausflüge zu Wasserfällen und Aussichtspunkten, von denen kühne Gleitschirmspringer sich Richtung Stadt und Meer ins Nichts stürzten, Abende in überfüllten, lauten Restaurants, wo alle zurechtgemacht waren, als ob sie zu einer Hochzeit gingen. Es waren Tage der überbordenden Eindrücke, von überwältigender Schönheit, von Hülle und Fülle, die Sinne benebelnder Lust.

*

Frieda lag in der Hängematte auf der ausladenden Terrasse von Laila. Rosana, die Zugehfrau, die hier Tag und Nacht wohnte und den gesamten Haushalt schmiss, besprühte gerade die Pflanzen, die am Metallgitter über dem Swimmingpool wie der wilde Wein an der Häuserwand von Friedas Elternhaus emporwuchsen, dem ganzen Ort etwas Naturverbundenes gaben und gleichzeitig geschickt vor ungebetenen Blicken der Nachbarn schützten.

Im fernen Spessart war es gerade einmal dreizehn Uhr, Marie hatte Geburtstag und Frieda rief sie über FaceTime an.

Alles Gute, meine Liebe! rief Frieda fröhlich, als Maries vertrautes Gesicht auf dem Handy-Display erschien.

Danke, danke! Ich fühle mich geehrt, dass du da drüben im Paradies an mich denkst! Liegst du etwa in einer Hängematte?

Natürlich denke ich an dich! Ja, ich lieg in einer Hängematte. Frieda lachte. Und na ja, es ist nicht nur ein Paradies.

Wie meinst du das?

Die Stadt und das Land haben ja auch viele Probleme.

Ach so, natürlich. Aber du bekommst davon nicht viel mit, oder?

Nicht viel, nein. Wir leben in einer Parallelwelt. Vom Flughafen zur Wohnung fährt man schon durch viele Favelas. Und man sieht sie auch an allen Berghängen. Und viele Leute, die auf der Straße leben, an Ampeln betteln und so weiter. Also ja, man sieht schon viel Armut. Aber es gibt wirklich große Unterschiede zwischen den Schichten hier und Felipes Familie gehört zur oberen Mittelschicht. Da lebt man ein sehr angenehmes Leben.

Verstehe. Also Paradies, sag ich doch.

Erneut lachte Frieda. Marie schmunzelte am anderen Ende der Welt.

Was machst du heute, Geburtstagskind?

Nur ein kleines Treffen mit Freunden hier bei mir zu Hause, man darf ja eigentlich gar nichts mehr. Du fehlst natürlich. Wie läuft's mit Felipe? Wie ist seine Familie?

Ah, ich wäre gern heute dabei! Trink einen für mich mit! Mit Felipe ist es traumhaft! Er ist ein anderer Mensch hier. Das Meer, die Sonne, das Essen, die Familie, alles scheint ihn von innen aufblühen und strahlen zu lassen. Und er behandelt mich wie eine Prinzessin! Nur manchmal merke ich, dass er plötzlich nachdenklich in die Ferne schaut. Ich glaube, dann denkt er an seine Ex. Er war bestimmt an vielen Orten hier auch mit ihr und hat viele gemeinsame Erinnerungen. Aber sonst ist alles gut. Und die Familie, na ja … Das Problem ist die Sprache. Seine Mutter und die Tanten und Onkel sprechen alle nur Portugiesisch, und das bisschen, das ich kann, reicht bei Weitem nicht, sich irgendwie sinnvoll auszutauschen und kennenzulernen. So besonders interessiert scheinen sie auch nicht wirklich an mir zu sein. Ich bin irgendwie einfach dabei. Wie ein Accessoire von Felipe. Aber ob ich da bin oder nicht, scheint niemanden zu kümmern.

Marie runzelte die Stirn.

Seine Schwester kann Englisch, erzählte Frieda weiter. Aber wenn die anderen dabei sind, sprechen wir aus Höflichkeit auch nur Portugiesisch, also kaum. Wenn wir allein sind, was bisher nur zweimal vorgekommen ist, können wir uns aber unterhalten und sie ist wirklich nett!

Das klingt doch insgesamt dann gut. Außer das mit der schlechten Kommunikation mit der Familie und das mit der Ex. Aber es ist irgendwie auch normal, wenn er an sie denkt, sie waren so lange zusammen! Hauptsache ist, ihr zwei versteht euch gut. Nur eins weiß ich leider aus Erfahrung. Wenn man erst wieder zu Hause im Alltag ist, fangen die Probleme meist von vorn an. Es ist so, als ob man im Urlaub in einer anderen Welt lebt, in der andere Spielregeln gelten. Dann kommt man zurück in die Realität und muss wieder mit ganz anderen Dingen klarkommen, Arbeit und so. Marie lachte.

Frieda nickte. Ich weiß. Aber die letzten Monate waren oft schwer. Jetzt genieße ich einfach, was wir hier haben.

Das klingt super, mach das, Süße. Und schick bloß weiter so fiese Urlaubsbilder! Hier ist schon alles grau. Und wieder Lockdown. Du hast so ein Glück, dass dort alles offen und Sommer ist! Und dann auch noch alles mit deinem Traumprinzen.

Hör auf! Lachend winkte Frieda ab. Genug von mir, heute ist dein Tag! Ganz viel Spaß heute Abend! Und wenn ich wieder zu Hause und aus der Quarantäne raus bin, komm ich vorbei und wir treffen uns alle. Mit Lisa und so.

Alles klar, Frieda! Ich hoffe, das klappt! Man hat das Gefühl, dass man sich hier bald mit absolut niemandem mehr treffen darf. Also, wir hören uns. Ciao!

Ciao, ciao! Frieda legte auf.

Sie war auf der Sonnenseite. Hier war es Sommer. Die Geschäfte und Restaurants waren geöffnet. Sie war verliebt und Felipe liebte sie. Sie durfte das Leben genießen, jeden Tag etwas Neues sehen, von einer faszinierenden Zukunft träumen. Wer weiß, vielleicht lebte sie eines Tages dauerhaft hier. In der Cidade maravilhosa, der wunderbaren, der traumschönen Stadt.

Felipe betrat die Veranda. Er hatte sich nach dem Surfen und einem späten Mittagessen etwas hingelegt. Nun trug er Boardshorts, sein Oberkörper war von der brasilianischen Sonne inzwischen tief braungebrannt.

Hi, Babe, sagte er sanft und beugte sich vor, um sie zu küssen.

Hi, sagte Frieda und richtete sich etwas auf. Er zog sie aus der Hängematte heraus und schlug vor: Lass uns ein bisschen schwimmen, okay?

Gern.

Sie trug einen ihrer hier erstandenen Bikinis und folgte ihm in den kleinen Pool, von dem aus man bis zum Strand von Ipanema blicken konnte. Wirklich schwimmen war hier nicht möglich, es war eher ein etwas größerer Whirlpool, den die Schwester zum Abkühlen bei einem Sundowner nach der Arbeit oder auf Partys nutzte.

Sie schwammen zum Rand, stützten sich mit den Ellbogen ab und blickten hinaus über die Dächer zum Meer. Der nächste, mit hoher Wahrscheinlichkeit wieder magische Sonnenuntergang ließ noch etwas auf sich warten, aber schon jetzt bestach die Szenerie durch ein einzigartiges Licht.

Ich wollte mit dir reden, begann Felipe unvermittelt nach einigen Minuten des schweigsamen Genießens.

In Frieda spannte sich schlagartig alles an.

Okay …?

Es ist so. Ich liebe dich und …

Oje, unterbrach Frieda ihn.

Wieso oje?

So wie du es sagst, klingt es, als ob gleich ein Aber folgt.

Er errötete leicht, sah sie aber weiter direkt an.

Ja. Ich liebe dich. Aber ich habe in der Zeit hier einiges gemerkt.

Frieda schauderte, obwohl das Wasser nicht allzu kalt war. Es war doch alles perfekt hier. Außer der mangelnden Kommunikation mit der Familie und deren teilweise etwas frostigen Art fiel ihr nichts ein, was schiefgelaufen sein könnte.

Oder doch! Es war bestimmt dieser geistesabwesende, in die Ferne gerichtete Blick, den sie manchmal bei Felipe sah. Sie hatte es irgendwie unterdrücken und überspielen wollen, aber die Intuition hatte es ihr doch schon die ganze Zeit gesagt: Irgendetwas war faul.

Ich weiß nicht, wie ich es sagen soll. Aber seit wir hier sind, denke ich oft an mein altes Leben. Mein altes Leben in Rio, ich vermisse es. In Deutschland habe ich nicht so viele Freunde, keine Familie. Im Moment hält mich dort nur mein Job.

Frieda spürte etwas in sich zusammenfallen. Was war mit ihr? Hielt sie ihn nicht in Deutschland? War sie nicht relevant?

Aber Felipe sprach schon weiter: Ich weiß nicht genau, was ich tun soll. Ich kann ja auch nicht einfach zurück. Und natürlich bist da auch du.

Sie seufzte. Wenigstens etwas. Aber es schien noch nicht alles zu sein.

Felipe strich sich durchs Haar, um es zu befeuchten.

Und ich denke hier auch oft an meine Ex.

Nun stürzte auch die letzte Etage eines Kartenhauses in Friedas Herz ein.

Ich habe hier viel mit ihr erlebt und geteilt. Alles, was wir tun, hab ich schon einmal mit ihr gemacht. Und sie sprach sehr gut Portugiesisch. Meine Familie liebte sie.

Hör auf, flehte Frieda innerlich. Wie konnte er so grausam sein, sie so zu vergleichen? Warum musste er ihr das alles unter die Nase reiben? Sie hatten doch eine so herrliche Zeit.

Meine Familie kann dich gar nicht richtig kennenlernen. Wegen der Sprachbarriere, aber auch, weil wir ja nicht hier leben. Und erst wenn sie dich kennen, können sie dich auch lieben lernen. Meine Ex verstand auch die brasilianische Kultur. Sie hat hier einige Jahre gelebt. Sie weiß, wie die Dinge funktionieren. Du könntest hier nicht leben.

Frieda sog scharf die Luft ein. Irgendwann einmal hatte seine Ex auch kein Portugiesisch gekonnt, irgendwann war auch ihr erstes Mal in Brasilien gewesen, in diesem komplexen und vielschichtigen Land. Sie hatte Jahre des Vorsprungs gegenüber Frieda, aber wie konnte Felipe behaupten, dass es deswegen für Frieda gänzlich unmöglich war? Auch sie könnte alles lernen, sie würde Erfahrung sammeln, aber ja, es würde dauern. Er hatte sie ja noch nicht einmal gefragt, ob sie sich vorstellen könnte, mit ihm in Brasilien zu leben. Er hatte direkt seine Schlüsse gezogen: dass sie dazu gar nicht in der Lage wäre. So wie die Tante aus der Personalabteilung bei der Absage zum ProTeam: *Sie passen nicht zur Lufthansa.*

Du könntest hier nicht leben.

Eine Panik stieg in ihr auf, die ihr nur allzu vertraut war. Etwas, worüber sie keine Kontrolle hatte, das aber ihr Leben bestimmte. Eine Jobabsage, ein sexueller Übergriff, eine Pandemie, ein furchtbarer Unfall. Die Gunst eines Geliebten, die tägliche Frage, ob er sie ihr oder einer anderen gewährte, und nun, wie geohrfeigt von einer eiskalten Hand, die Angst, dass er ihr ebendiese plötzlich entzog. Sie wollte wegrennen. Doch es war wie bei dem Erdbeben in Mexiko. Sie war wie angewurzelt, schockstarr, wusste nicht, wohin. Raus aus dem Pool und dann in die fremde Wohnung hinein, die der Schwester gehörte? In die Wohnung der Mutter, wo sie für zwei Wochen lebten, wo sie die andere, die Fremde, die kein Portugiesisch sprach und kein Fleisch aß, war? Zurück nach Deutschland? Sie hatte kein Ticket, musste sich noch eine Woche bis zum Rückflug gedulden und dort warteten ohne Felipe auch nur ein kalter grauer Winter, eine Gesellschaft hinter Masken und Mauern, ganz ohne Gesicht. Die Erde bebte und wollte sie abschütteln und es gab kein Entkommen und keine Antwort auf das Wohin.

Felipe redete neben ihr weiter, aber sie hörte nicht einmal mehr hin. Ein Sausen fegte durch ihre Ohren wie bei einem tobenden Wind, salzige Tränen der Wut rannen ihr übers Gesicht. Sie hatte die Hände an den Rand des Schwimmbeckens gekrallt und ließ nicht mehr los, biss die Zähne zusammen, ihr Gesicht eine hässliche Fratze, schnelles Luftholen ohne Ausatmen. Eins, zwei, eins, zwei.

Endlich bemerkte Felipe, dass etwas nicht stimmte. Er hörte auf zu sprechen und berührte sie sanft im Gesicht, um ihre Tränen wegzuwischen.

Es tut mir leid, sagte er.

Endlich ließ sie die Luft wieder entweichen. Mit einem lauten Seufzer, dann sah sie ihn an.

Was soll ich mit all dem, was du sagst, anfangen?

Er schaute schuldbewusst drein. Ganz offensichtlich hatte er darüber nicht weiter nachgedacht.

Und was soll das jetzt für uns jetzt bedeuten? bohrte sie weiter. Wir sind noch eine Woche hier. Sollen wir so tun, als ob nichts wäre? Wie stellst du dir das vor?

Ich weiß nicht, sagte Felipe endlich und senkte den Kopf, den Blick aufs Wasser gerichtet, als ob er sich dort verstecken könnte vor seiner Verantwortung, den rechten Fuß schwenkte er unter der Oberfläche hin und her.

Ehrlich gesagt, ich weiß es nicht. Ich habe nur gedacht, es ist auch nicht fair, wenn ich so tue, als ob nichts sei, obwohl ich all diese Gefühle und Gedanken habe.

Frieda lachte verächtlich.

Typisch! rief sie zornig. Statt dir erst mal Gedanken zu machen, was du mit deinen Worten anrichten kannst, und dir zu überlegen, was wir dann tun sollen, lässt du einfach alles raus. Du kotzt mich an!

Nun hob er ruckartig den Kopf und schaute sie mit einer Mischung aus Überraschung und Wut an. So hatte sie noch nie mit ihm geredet.

Aha, sagte er leise und mit zusammengekniffenen Augen. Jetzt zeigst du also dein wahres Ich.

Du hast keine Ahnung von meinem wahren Ich! schleuderte sie ihm entgegen.

Sie hatte genug. Felipe wollte den Spieß scheinbar umdrehen und plötzlich sie zur Schuldigen machen. Als ob nur ihre Mangelhaftigkeit der Grund wäre für das, was plötzlich zwischen ihnen geschah.

Sie kletterte aus dem Pool und lief zu einem Stuhl in der Ecke, über dem ein Handtuch hing. Sie wickelte es fest um sich und ging in die Wohnung, ins Bad, um sich umzuziehen. Sie kochte vor Wut. Heiße Tränen stiegen ihr wieder in die Augen, sie wollte weg aus dieser Situation, aber wohin? Sie war verzweifelt. Es gab kein Entkommen.

Im Bad setzte sie sich auf den Boden und ließ den Tränen freien Lauf. Felipe klopfte an die Tür. Geh weg! rief sie.

Sie musste sich zusammenreißen. Sie durfte nicht wieder absinken, sich fortreißen lassen vom Strudel ihrer Gefühle, in einem Loch enden, aus dem hinaufzukriechen nicht nur mühsam, sondern auch schmerzhaft war. Sie hatte sich geschworen, sie würde sich selbst davor schützen. Sie hatte gelernt, dass es machbar war. Sie wusste, was sie tun musste, auch wenn es schwer war oder gar unmöglich schien.

Letzten Monat hatte sie eine neue Serie bei Netflix gesehen. *Emily in Paris.* Sie liebte den Charakter von Emily, bewunderte ihn, sie war so stark. Immer wieder wurde sie niedergemacht, gemobbt, kritisiert. Doch sie ließ sich davon nicht beeindrucken, hatte eine unerschütterliche Selbstsicherheit, dazu eine gesunde Prise Humor und Schlagfertigkeit. Wie gern wäre Frieda mehr wie Emily. Weniger zart besaitet, nicht so empfindsam, nicht derart leicht zu beeinflussen.

Frieda stand auf, wusch ihr Gesicht und trocknete sich ab. Sie zog sich an und schmiedete einen Plan. Sie würde der Situation mit Würde begegnen und sich nicht von Felipes Worten unterkriegen lassen.

*

Als sie das Badezimmer verließ, stand Felipe noch vor der Tür. Traurig sah er sie an. Es tut mir leid.

Frieda zuckte mit den Schultern und wich seinem Blick aus.

Vorsichtig nahm er sie in den Arm, sie ließ es geschehen.

Was machen wir jetzt? wollte sie wissen. Ich kann nicht ändern, was du fühlst. Aber du hast eine Verantwortung. Du hast mich hierhergebracht. In ein fremdes Land, in dem ich mich nicht frei bewegen kann, dessen Sprache ich nicht spreche, in dem ich allein bin ohne dich. Du hast die Verantwortung dafür, dass es mir während des Aufenthalts hier gut geht. Ich kann den Flug auch nicht einfach umbuchen, das kostet zu viel. Also, was machen wir jetzt?

Felipe nickte. Du hast recht. Es tut mir leid, dass ich das einfach alles gesagt habe. Ich dachte, du solltest es wissen. Aber das heißt nicht, dass ich will, dass du gehst. Oder dass wir nicht mehr zusammen sind. Ich bin einfach verwirrt.

Verstehe, sagte Frieda ruhig. Aber das ist noch keine Antwort.

Okay, gib mir Zeit, antwortete er. Aber erst einmal ändert sich nichts.

Wir tun also, als ob nichts gewesen wäre? Ist es das, was du von mir willst?

Ja, lass uns die Zeit hier trotzdem genießen.

Sie lächelte sarkastisch.

Das ist etwas schwer, nach allem, was du gerade gesagt hast. Aber na gut.

Felipe umarmte sie erneut.

Wie gesagt, es tut mir leid. Wollen wir am Strand spazieren gehen? Den Sonnenuntergang ansehen?

Sie schüttelte den Kopf.

Sorry, das kann ich jetzt nicht. Ich geh allein.

Ich denke, das ist keine so gute Idee, widersprach er. Mir ist dabei nicht wohl.

Frieda sah ihn aus glühenden Augen an, die sagen sollten: Du bist daran schuld, du hast jetzt nichts zu melden. Felipe verstand.

Gut, aber bitte pass auf dich auf. Nimm keine Wertsachen mit. Nur dein Handy, steck es unter das T-

Shirt. Ruf mich an, wenn was ist, aber telefonier nicht auf offener Straße. Bleib in der Nähe.

Okay.

Sie nahm ihr Handy, schlüpfte in ihre neuen Havaianas und ging.

*

Frieda lief schnell durch die Lobby des Gebäudes, in dem sich Lailas Wohnung befand. Der Portier nickte ihr zu und rief: Boa tarde.

Sie antwortete nicht, nickte nur und verschwand. Die Nachmittagshitze schlug ihr mit Macht entgegen, als sie auf den Praca General Osório hinaustrat. Sie war Felipe mit fester Stimme entgegengetreten, aber jetzt zitterten ihr die Knie. In ihrer Magengegend hatte sich ein harter Knoten gebildet. Wie ein Tumor drückte er gegen ihre Eingeweide, ihr war schlecht.

Du könntest hier nicht leben.

Sie sah sich mit neuen Augen um. Die Menschen auf der Straße waren zum Teil elegant, zum Teil rau, roh und derb. Man wusste nicht, was mancher Geselle im Schilde führte. Das galt aber sicher auch anderswo. Nur es stimmte, wenn hier etwas passierte, war es oft gleich von grobschlächtiger, brutaler Gewalt. Für eine Geldbörse wurde getötet. Selbst wenn das Opfer eines Raubüberfalls alle Wertgegenstände eifrig übergab, konnte es passieren, dass er eine Kugel abbekam. Es war ein heißes Pflaster, auf dem sie spazierte. Doch was sie so eingenommen hatte, von Anfang an, war die Atmosphäre, die hier herrschte. Sie knisterte vor Spannung und Vorfreude, aber auch vor möglicher Gefahr. Wie in Deutschland, vor einem Fußball-WM-Endspiel. Wenn jeder auf den Anpfiff wartete, Bier kaltstellte, sich Fahnen auf die Gesichter malte, wenn Kinder Trikots überstreiften und Schüsseln mit Chips gefüllt wurden, wenn ganze Gruppen von Männern und Frauen und Kindern zu öffentlichen Plätzen, Biergärten und Stadien zogen, wenn sich alle Gesellschaftsschichten vermischten, wenn jeder sich freute und auch bangte und manch einer dachte: Hoffentlich endet es nicht in Gewalt. Es war pures Leben mit all seinen Facetten, mit Chaos und Freudentaumel, mit unsäglichem Glücksgefühl. Mit enttäuschter Wut, manchmal mit erbittertem Hass. In nur einer Woche war sie eingetaucht in diese Welt. Und sie war eingetaucht in Felipe. Sie könnte hier leben. Sie könnte es überall. Sie war ein Chamäleon. Was dachte er bloß? Sie würde kämpfen. Es kam gar nicht in Frage, dass sie sich unterkriegen ließ. Sie passte zur Lufthansa, und irgendwann würde sie dort arbeiten, wenn sie es dann überhaupt noch wollte. Sie könnte hier leben. Wo ein Wille, da war auch ein Weg. Sie musste nur diese unbändigen Gefühle zähmen, die sie überschwemmten, die sie körperlich schwächten, sie in die Knie zwangen, manchmal sogar lähmten. Wenn Felipe sie verließ, wie überlebte sie das? Die Panik, die sie bei dem Gedanken empfand, kroch unerbittlich immer wieder in ihr hoch, sie stoppte sie immer kurz vor der Kehle. Wenn sie die Kehle eingenommen hatte, war es zu spät, dann schnürte es ihr die Luft ab. Sie zwang sich, kontrolliert zu atmen. Sie würde zum Strand gehen und sich dort hinsetzen. Sie lief die paar Meter zum Posto 8, sank nieder und begann zu meditieren.

Gedanken überrannten sie. Aber sie zwang sich immer wieder zurück zu ihrem Mantra. Om mani padme hum. Es war ihr Anker, nicht schlimm war es abzuschweifen, man musste es nur bewusst merken und dann wieder sanft zu sich zurückkommen. Ihr Herz schlug bald ruhiger. Die Gedanken jagten sich immer noch. Doch jede kurze Pause, die sie ihrem Geist gönnte, war auch eine Entlastung für ihren Körper. Sie weinte, sie merkte es jetzt. Aber der Knoten im Magen war plötzlich weg. Keine Panik kroch in ihr hoch, nur noch müde und traurig fühlte sie sich.

Du kannst stolz auf dich sein, hörte sie sich auf einmal denken. Es geht dir schlecht, aber du hast dich im Griff. Das nächste Mal wird es noch einfacher. Du musst einfach immer das tun, was du kannst. Um dich zu erden. Schau auf das, was geschieht, aus der Vogelperspektive. Überleg dir, ist es wirklich so schlimm? Im Großen und Ganzen ist doch alles in Ordnung. Du bist wohlbehütet, du hast alles, was du brauchst. Du bist genug. Lass dir nichts anderes einreden. Lass dich nicht vergleichen. So wie du bist, bist du genug.

Irgendwann öffnete sie die Augen. Erstaunt sog sie die Luft ein, so unfassbar schön war das Licht. Der

Sonnenuntergang hatte sich über Rio gelegt. Mit diesen magischen Farben, dem feuerroten Sonnenball, der das Blut und die Hitze der Stadt in sich aufsaugte, die erregbaren Gemüter besänftigte, für eine kurze Zeitspanne diesen brodelnden Hexenkessel in eine friedvolle Stimmung tauchte.

*

Felipe hatte geschrieben: *Komm zurück, meine Mutter und Tanten kommen zum Essen zu Laila, danach gehen wir alle zusammen nach Haus.*

Frieda fühlte sich besser, wenn auch nicht völlig gewappnet, der Familie von Felipe gegenüberzutreten.

Meine Familie liebte sie.

Sicherlich verglichen die Frauen sie unbewusst auf Schritt und Tritt. Aber sie musste einfach der ganzen Situation die Stirn bieten. Vogelperspektive. Am Ende war es doch nicht so furchtbar schlimm. Sie würde sich nicht verbiegen, aber wer weiß, vielleicht würden sie sie ja noch lieben lernen. Und wenn nicht, dann war das eben so. Felipe war derjenige, der entscheiden musste, was er letztendlich in diesem Leben wollte. Sie oder seine Ex. In Deutschland oder Brasilien leben.

Am Ende war selbst nach einer Entscheidung nichts sicher. Menschen trennten sich, selbst wenn sie seit Jahren verheiratet waren. Es gab keine Sicherheit. Sicherheit war eine Illusion. Eine Illusion, der Menschen blind folgten, um sich besser zu fühlen. Die einzige Sicherheit, die echt war, war Selbstsicherheit. Wer in sich ruhte, konnte die Stürme des Lebens bestehen. Daran musste sie arbeiten. Sie musste ihre Selbstzweifel überwinden, fest auf eigenen Beinen stehen. Andere kontrollieren und manipulieren zu wollen war der falsche Ansatz, die Ergebnisse waren nie nachhaltig. Vielleicht war einem ein kurzer Sieg vergönnt, aber er würde sich auflösen und einfach vergehen, so wie Nebel am Morgen, vertrieben von der Realität eines neuen Tages.

Sie hatte eine Entscheidung getroffen. Sie würde das Beste aus diesen Tagen für sich herausholen. Das Leben, den Urlaub genießen. Sie würde höflich und respektvoll sein, aber niemals versuchen, es Felipe oder den anderen recht zu machen, nur um zu gefallen. Der Rest lag nicht in ihrer Macht. Sollte Felipe entscheiden, was er wollte. Am Ende des Tages wäre das sein Problem.

*

Felipe und Frieda machten tatsächlich weiter, als sei nichts geschehen. Felipe schien sie weiter auf Händen zu tragen, es war fast so, als ob er durch sein Handeln wiedergutmachen wollte, was er so unbedacht zu ihr gesagt hatte. Er führte sie an die schönsten Orte, kaufte ihr kleine Geschenke, lud sie zum Essen ein. Er ging mit ihr surfen – am einzigen anfängertauglichen Spot in Rio, dem wunderbaren Macumba mit seinem ins Meer ragenden Felsen. Er spürte wohl Friedas kühle Distanziertheit, fast schien er Angst zu haben, sie zu verlieren.

Er war sich meiner zu sicher, schoss es ihr durch den Kopf. Doch sie sonnte sich nicht in dem Gefühl, sie betrachtete alles mit Abstand, ließ sich nicht mehr ganz auf Rio oder Felipe ein. Nicht mehr fallen, ich beschütze mich nur, dachte sie, es ist kein kaltes Kalkül.

*

An einem Tag besuchten Frieda und Felipe seine Oma. Es hingen noch Bilder von der Ex an ihrer Wand. Es versetzte Frieda einen Stich, aber sie hörte Felipe später mit seiner Oma schimpfen: Häng die Bilder ab.

*

Frieda sehnte das Ende der Reise zwar nicht unbedingt herbei, aber der letzte Tag vor dem Abflug löste ein Gefühl nahender Befreiung in ihr aus. Ein bisschen war sie gefangen gewesen in einer Welt, in der sie nur Gast war, nur zuschaute, keine eigene Rolle spielte, nicht mitlenken oder gestalten konnte, nur Statistin war.

Lass uns zum Abschluss zum Cristo Redentor gehen, schlug Felipe am Morgen beim Frühstück vor.

Sehr gern! Das war ihr nur recht. Sie waren schon mit der Seilbahn auf den Zuckerhut gefahren, aber den berühmten Cristo hatte sie bisher nur aus allen möglichen Winkeln bei ihren Ausflügen quer durch die Stadt von unten gesehen.

Sehr schön! Ich schlage vor, dass wir gleich nach dem Frühstück losgehen, okay?

Einverstanden!

Morgen fliegen wir zurück, sagte er plötzlich und ergriff über den Tisch ihre Hand. Wie geht es dir?

Gut, erwiderte sie.

Er nickte verständnisvoll. Es tut mir leid.

Du musst dich nicht entschuldigen.

Ich habe dir die Reise kaputtgemacht.

Nein, die erste Woche war schön.

Er seufzte. Die zweite also gar nicht?

Doch auch, aber anders.

Okay.

Er schwieg und blickte enttäuscht in seine leere Kaffeetasse.

Was wollte er denn von ihr hören? Sicher irgendetwas, um sich besser zu fühlen. Sie wusste, er plagte sich oft mit Schuldgefühlen und konnte nur schlecht damit umgehen. Er brauchte externe Validierung, um wieder klarzukommen, doch sie würde nicht lügen, nur um ihm einen Gefallen zu tun. Seit dem Nachmittag auf Lailas Terrasse hatten sie nicht mehr über den Stand ihrer Beziehung gesprochen, doch er war damals direkt und unverblümt gewesen. Sie würde es ihm nicht gleichtun, ihre Worte immer mit Bedacht wählen, aber sie war der Wahrheit mehr verbunden als ihm.

Es hatte sie Kraft gekostet, bis heute durchzuhalten. Täglich hatte sie sich Zeit ausgebeten, um etwas Yoga zu machen und zu meditieren. Sie schrieb in ihr rosa Notizbuch, seine linierten Seiten waren inzwischen bereits zur Hälfte gefüllt. Ohne Filter, ohne sich eine Struktur zu überlegen, ließ sie den Stift über die Blätter tanzen, brachte die Gedanken wortwörtlich auf das Papier. Einmal dort, waren sie raus aus dem Kopf, wo sich bald neue formten. Doch so war immer wieder Platz dort. Und Endlosschleifen, Wiederholungen, Wolkenstürme waren ausgeschlossen.

Sie hatte verstanden, dass sie sich ihr Leben lang so anstrengen müsste. Depressionen und Panikattacken konnte man nicht einfach für immer verbannen, wie einmal geheilt, immer befreit. Sie musste täglich an der Stabilität und Gesundheit ihres Geistes arbeiten, so wie man duschte und Zähne putzte, die Wohnung säuberte. Sie musste lesen, schreiben, meditieren, sich bewegen, anderen helfen, immer wieder die Vogelperspektive einnehmen, Beziehungen und Freundschaften pflegen.

Sie hatte auch überlegt, wie es zu Hause weitergehen sollte. Sie könnte sich aus Angst, verletzt zu werden, von Felipe trennen. Aber warum waren sie denn überhaupt zusammen? Am Anfang hatten sie die Faszination angetrieben und der Wille, sich etwas zu beweisen. Dann die Herausforderung, der Wettbewerb mit der unsichtbaren, allgegenwärtigen Ex und die Angst, allein zu sein in einer sowieso von Einsamkeit geprägten

Zeit. Dann waren es die Liebe, die zwischen ihnen gewachsen war, die Gewohnheit und all seine Qualitäten, die Frieda in Felipe von Tag zu Tag deutlicher sah. Erst waren es sein Lächeln gewesen und seine direkte Art. Dann war es die Musik, die immer bei ihm lief, die er summte, die durch sein Leben und durch ihre Adern drang. Es war die Art, wie er kochte – voll Inspiration, Kreativität und Leidenschaft. Es waren die guten Ideen, die er immer hatte, und vor allem die Art, wie sich Sanftheit und Stärke in ihm eine unsichtbare, manchmal ausschlagende, aber letztendlich immer perfekte Waage hielten. Aber vor allem waren und blieben es seine Bereitschaft zur Selbstreflexion, sein Wille, an sich zu arbeiten, sein Mut, neue Wege zu gehen.

Nein, Frieda würde nicht lügen, sich nicht verbiegen. Aber sie liebte ihn, und sie war sicher, dass er sie ebenfalls liebte. Vielleicht reichte Liebe allein für eine gute Beziehung nicht aus, aber sie konnten beide noch viel auf ihrem gemeinsamen Weg lernen. Nein, so schnell gab sie nicht auf.

*

Frieda stand unter der riesigen Statue des Cristo Redentor, der die Arme über der Stadt ausbreitete, nicht um sie zu umarmen oder zu schützen, sondern nur um zu sagen: Seht her, ich bin.

Sie blickte in die Ferne. Die Stadt unter ihr war voller Widersprüche, Armut, Gewalt. Aber das Leben pulsierte mit Kraft und Farbe in ihr, mit wirbelnden, tanzenden Funken, mit dem süßen und kräftigen Geschmack exotischer Früchte, mit lautem Trommelwirbel und hellen Klängen aus Kehlen und Tamburinen, mit der heißen Berührung wallenden Blutes durch die Adern jeder Gasse, Straße, Favela. Doch am Horizont zogen dunkle Wolken auf. Man munkelte, es rolle eine neue Welle an. Noch verheerender als die tödliche erste, aus dem Urwald, den Tiefen des Amazonas, solle sie kommen. Frieda war froh, dass sie morgen abflogen.

Rio de Janeiro. Der Fluss des Januars, des Monats, mit dem jedes Jahr neu begann. Wenn die Erde sich wieder einmal um sich selbst gedreht hatte, der Fluss des Anfangs, der immer neu aus frischen Quellen rann.

Panta rei, hatte schon Heraklit gesagt. Alles fließt. Der Fluss, in den man heute und morgen stieg, war niemals gleich. Man selbst war nie gleich in jedem neuen Moment. Beständig war nur der Wandel.

Wie diese Stadt mit ihren unzähligen grünen Hügeln sich unter ihr hin zum Meer ergoss! Ein bisschen wie Hongkong, dieser fast vergessene Sehnsuchtsort. Welche Reise sie hinter sich hatte seit dem Tag auf dem Victoria Peak! Sie fühlte sich erhaben, wo Berge und Wasser zusammentrafen, wo die Urgewalten dieser Welt ein mächtiges Schauspiel vorführten, das sie andächtig machte und ihr gleichzeitig das Gefühl gab, Teil von etwas Großem zu sein. Berge und Wasser, Höhen und Tiefen, Elixier des Lebens.

Schon lange hatte sie nicht mehr die Welt hinter dem Dritten Auge betreten. Die kurzen Meditationsübungen am Morgen waren ein Anfang, doch fast fühlte es sich an, als läge die Suche nach Wahrheit seit der Mexiko-Reise auf Eis. Doch bestimmt war Meditation nicht der einzige Weg, nach Erleuchtung zu streben. Durch die erniedrigenden Erfahrungen dieses Jahres hatte sie auf oft schmerzhafte, manchmal auch wunderbare Weise schon so viel über das Leben gelernt. Ja, wenn sie so darüber nachdachte, hatte sie seit diesem Januar viele Antworten gefunden, aber noch lange nicht die ganze Wahrheit, noch nicht ihren Platz.

Das hier war nicht ihre Stadt. Felipe war noch nicht ihr Mann, würde es vielleicht niemals sein. Aber das war nicht, was sie definierte. Sie musste nicht zu einem Ort oder Menschen gehören. Sie war nicht nur Bürgerin eines Landes oder einer Stadt, eine Tochter, Frau, Freundin, vielleicht einmal Mutter. Sie war nicht Angestellte, Sales Managerin oder sonst irgendein Titel oder Beruf. Sie war Teil von allem und alles war Teil von ihr. Sie war der ganze Kosmos, das Universum und dehnte sich ständig aus. Sie konnte alles sein und musste nichts. Unabhängig von Beziehungen und dem gesellschaftlichen Geflecht war nur wichtig, welchen Weg sie für sich fand, wo und wie sie entlanglief. Nicht ihren Platz musste sie finden, sondern ihren Weg. Werte, die sie lebte und lehrte. Liebe, die sie ohne Gegenleistung weitergab, Fürsorge, ohne die Frage nach Lohn. Was konnte sie geben? Wie konnte sie leben? Nicht wo, nicht mit wem, so deterministisch, als hätte das Leben eine endgültige, anzustrebende Destination. WIE war die Frage und Botschaft ihrer und jeder Existenz.

Wir können für unsere Partner da sein, für unsere Kinder, die Kinder zu guten Menschen erziehen. Wir können uns vegan ernähren und somit dem Klimawandel die wichtigste Grundlage entziehen. Wir können den Schwächeren helfen, Musik machen für die Seele, für die Freude von anderen und uns. Wir können Häuser bauen, Dinge reparieren, Menschen zum Lachen bringen, sie heilen, ihre Ehre verteidigen, eine Umgebung verschönern, Geschichten erzählen, Rekorde aufstellen, Blumen aussäen und Gemüse ziehen. Wir können alles zerstören, andere erniedrigen, uns um niemanden kümmern, die Seele verkümmern lassen, nur immer den eigenen Vorteil sehen. Wir haben die Wahl, immer, nichts müssen wir bis ans Ende unserer Tage tun. Egal, was die Lebensumstände sind. Ein jeder in seiner großen oder kleinen Welt hat täglich die Wahl. Wir können nicht immer beeinflussen, was uns zustößt oder um uns herum passiert. Aber wir können uns immer entscheiden, wie wir darauf reagieren.

Was ihr einem meiner geringsten Brüder getan habt, das habt ihr mir getan.

Om mani padme hum.

Panta rei. Alles fließt.

Felipe sah zur ihr rüber und lächelte sie vielsagend an.

Ach, wenn Worte doch ihre Sprache wären!

Doch es bleibet dabei: Die Gedanken sind frei!

EPILOG

Zwei Drittel der Erde sind mit Wasser bedeckt. 97,5 % davon sind Salzwasser, ähnlich dem Wasseranteil des Menschen bei der Geburt. Bis zur Geburt durchläuft das ungeborene Leben die gesamte Evolution. Vom Einzeller bis hin zum komplexen menschlichen Wesen mit seiner komplizierten Zentrale, dem menschlichen Hirn. Bei der Geburt sind wir dem Universum noch tief verbunden, wir und unser Kopf sind noch frei. Sobald das EGO zum Leben erwacht, ziehen die Wolken auf, eine nach der anderen, und es hält an ihnen fest, lässt sie Teil werden einer angeblichen Identität. Nur das Universum schaut wertfrei, beobachtend zu, nur das wahre Ich lässt die Wolken weiterziehen.

Das wahre Ich, die kosmische Energie in sich zu finden ist eine lebenslange Aufgabe. Zu suchen und zu begreifen: Wahrheit, Logos, Sinn.

Was wahr ist, mag nicht leicht sein. Was wahr ist, mag nicht offenkundig sein. Aber dafür gibt es das Leben. Um Antworten zu finden, Lösungen. Und wahre Erlösung. Denn der Tod befreit uns nicht, wenn wir im Leben selbst nicht schon Freiheit finden.

Es sind die Liebe UND die Freiheit. Sie sind die Größten unter ihnen.

DANKSAGUNG

Ich danke meinen Eltern, die mich in meiner Liebe zum Lesen und Schreiben immer bestärkt und gefördert haben. Meinen Lehrer:innen, die mir beides beigebracht und mich weiterentwickelt haben. Allen Autor:innen, deren Bücher ich lesen durfte und die mich inspirierten.

Meinem Partner, der mich in diesem Projekt von Beginn an unterstützt und bestärkt hat. Meinen Testleserinnen, Freundinnen und Bekannten, die in ihren turbulenten Leben Zeit für Lektüre, Feedback oder ein offenes Ohr fanden. Meiner Lektorin für ihre wertvollen Hinweise. Meiner Mutter für ihre Korrekturen. Allen Mitarbeiter:innen von BoD, die in das Projekt involviert waren und mich mit ihrem Service und ihrer Professionalität begeisterten.

Dem Universum, dass mein Traum vom eigenen Buch nun in Erfüllung gegangen ist.

ÜBER DIE AUTORIN

Georgine I. Coelho wurde als sechstes Kind ihrer Eltern an den Ufern des Mains, vor den Toren des Spessarts geboren. Gewässer und Bäume faszinieren sie bis heute, doch von Kindesbeinen lockte sie auch die Ferne, wollte sie fremde Landschaften, Länder und Kulturen entdecken. Neben dem Reisen und Erlernen von Fremdsprachen gilt ihre größte Leidenschaft von jeher dem Lesen und Schreiben.

Nachdem sie auf allen Kontinenten gelernt, studiert oder gearbeitet hat, lebt sie heute mit ihrem brasilianischen Partner und der gemeinsamen Tochter in Frankfurt am Main. Mit dem größten deutschen Flughafen ein Tor zur Welt, mit Main und Stadtwald, dem nahen Taunus, Spessart und Odenwald ein Paradies aus Wasser und Wald, mit der großen Buchmesse, Goethes und Schillers Spuren, der Frankfurter Schule und unzähligen Museen ein wunderbares Zentrum für Abenteuer im Kopf.

Damit auch physische Reisen in ferne Gefilde oft, nachhaltig und einfach möglich sind, arbeitet Georgine I. Coelho bei einem großen Luftfahrtkonzern.

Sie ist täglich auf der Suche nach Balance, Liebe und Freiheit und findet auch in Zeiten von Einschränkungen und Verzicht Trost in Büchern und der unendlichen, inneren Welt. Denn es bleibet dabei: Die Gedanken sind frei!

*

Wenn Sie Feedback oder Gedanken zum Buch mit der Autorin teilen wollen, schreiben Sie gerne an georgine.i.coelho@gmail.com.